Aus Freude am Lesen

btb

Buch

Budapest 1944: Der vierjährige András lebt mit seinen Eltern und der bigotten katholischen Großmutter Irén in einer ärmlichen Mietwohnung. Er fürchtet sich vor der strengen Irén, die aus für ihn unverständlichen Gründen auch seine Eltern beherrscht. Seine jüdischen Großeltern mütterlicherseits wohnen auf der anderen Seite der Donau im vornehmen Buda. Wie gerne ist der kleine András bei ihnen zu Besuch, doch die Sonntage in der Wohnung mit den vielen Büchern und dem feinen Porzellan führen immer zu Spannungen zwischen seinen Eltern und Großmutter Irén. Irgendetwas scheint die Familien zu trennen, und András versteht nicht, was es ist. Eines Tages verschwinden die geliebten Großeltern aus Buda spurlos. Für András bricht eine Welt zusammen. Doch Großmutter Irén ist froh, die verhasste Verwandtschaft endlich los zu sein.
András Nyerges erzählt die dramatischen Ereignisse in dem von Deutschen besetzten Ungarn konsequent aus der Sicht eines kleinen Jungen, der voller Wachsamkeit und kindlicher Neugier wahrnimmt, was um ihn herum passiert, aber die komplizierte Welt der Er-wachsenen nicht verstehen kann.

Autor

András Nyerges, geboren 1940, ist Journalist und freier Schriftsteller. Nach seinem Studium in Budapest arbeitete er zunächst beim Rundfunk, danach von 1979 bis 1988 als Lektor in dem renommierten ungarischen Verlag »Kossuth«, ab 1989 bei einer Tageszeitung. Bisher veröffentlichte Nyerges mehrere Romane, Gedichtbände, Erzählungen und Essays und erhielt zahlreiche literarische Auszeichnungen. Sein Erinnerungsband »Nichtvordemkind!« war in Ungarn ein Bestseller und wurde als wichtiger Beitrag zur Erinnerungs-literatur über den Zweiten Weltkrieg gefeiert.

András Nyerges

Nichtvordemkind!

Aus dem Ungarischen
von Andrea Ikker

Mit einem Nachwort
von György Dalos

btb

Die Originalausgabe erschien 2002 unter dem Titel
»Voltomiglan« bei Argumentum Kiadó, Ungarn.

Die vorliegende Übersetzung wurde von
UNGARISCHER AKZENT
gefördert, wofür sich der Verlag bedankt.

FSC
Mix
Produktgruppe aus vorbildlich
bewirtschafteten Wäldern und
anderen kontrollierten Herkünften

Zert.-Nr. GFA-COC-1223
www.fsc.org
© 1996 Forest Stewardship Council

Verlagsgruppe Random House FSC-DEU-0100
Das FSC-zertifizierte Papier *Munken Print* für dieses Buch
liefert Arctic Paper Munkedals AB, Schweden.

1. Auflage
Genehmigte Taschenbuchausgabe September 2009,
btb Verlag in der Verlagsgruppe Random House GmbH, München

Umschlaggestaltung: semper smile, München
Umschlagfoto: privat; Hintergrundmotiv: iStock
Druck und Einband: CPI – Clausen & Bosse, Leck
KR · Herstellung: SK
Printed in Germany
ISBN 978-3-442-73933-2

www.btb-verlag.de

I

In meiner Kindheit kannte ich nur einen einzigen Menschen, der allein vom Anblick eines Kleidungsstücks in eine Art Fieber versetzt werden konnte: die Mutter meines Vaters. Sie breitete den Wintermantel eigenhändig auf dem Sofa meiner Eltern aus und umkreiste ihn immer wieder mit merkwürdig gekrümmtem Rücken und unter ungewohnten Hüftverrenkungen. Fast sah es so aus, als würde sie vor ihm herumbuckeln.

Sie hatte ihn vor ein paar Stunden bei einer Zuwendungsaktion erbeutet, deren Schirmherrschaft die Höchstehrwürdige Frau persönlich übernommen hatte. Großmutter war schon Wochen zuvor hinter vorgehaltener Hand geraten worden, sie solle sich unbedingt Zutritt zu dieser einen Veranstaltung verschaffen, hier kämen wahrhaft feine Sachen zur Verteilung. Keine Macht der Welt hätte sie nun davon abhalten können.

Obwohl Hochsommer war, wurden die Bedürftigen mit Wintersachen bedacht. Großmutter kehrte siegestrunken heim, ihre kleinen, weit auseinander stehenden Augen strahlten vor Zufriedenheit. Dennoch erzählte sie nicht sofort, was das Packpapier enthielt, und auch nicht, welch großer Geschicklichkeit und Entschlossenheit es zum Erringen dieser Beute bedurft hatte. Aber schon an der Tür ließ sie uns wissen, dass das Mitgebrachte dem kleinen Istvánka persönlich gehört hatte!

Auf meine Eltern machte das keinen Eindruck, sie brachen weder in Jubel aus, noch äußerten sie Zweifel. Sie schienen an etwas ganz anderem interessiert zu sein. Vater befühlte den wattierten Mantel, der mit Schnüren und Knöpfen versehen war, und sagte: «Er ist wirklich in einem ganz ordentlichen Zustand.»

Großmutter brauste auf. «Wenn ich doch sage, dass er István gehört hat, was willst du dann noch? Er ist großartig!»

«Schon gut, Mutter», antwortete Vater, «aber das Kind soll doch reinschlüpfen, damit wir sehen, ob er ihm passt.»

«Meinst du, was dem kleinen István Horthy gepasst hat, das ist für deinen Sohn nicht gut genug?»

Großmutters Stimme begann bedrohlich anzuschwellen, und in dem Versuch, sie zu beschwichtigen, rief Mutter begeistert aus: «Der hat sogar eine Kapuze!»

Großmutter war am Lob meiner Mutter nicht interessiert, sie wandte sich direkt an den Himmel: «O mein Gott, siehst du, was die mit mir machen?»

Es war ein Tag, an dem sogar die Mauern zu schwitzen schienen, trotzdem zogen sie mir den Mantel an. Als ich drinnen steckte, kniete sich Vater neben mich und blickte zu seiner Mutter hoch: «Vergessen Sie nicht, Mutter, falls nötig, kann ich ihn ja ändern.»

Das war aber nicht nötig, unter den Achseln schnitt er nicht ein, die Ärmel waren weder zu kurz, noch brauchten sie hochgekrempelt zu werden.

«Ich sagte doch, perfekt», beharrte Großmutter, «Istvánka ist rausgewachsen, aber der Mantel ist wie neu.»

«Mir ist heiß», klagte ich und wollte die schmucken Schnüre eine nach der anderen über die Holzknöpfe ziehen.

«Natürlich, mein Schatz», sagte Mutter, «zieh ihn nur aus …»

Großmutter sprang herbei und schrie: «Lass es, das mache ich!»

Offenbar befürchtete sie, ich könnte Istvánkas Mantel mit meinen ‹tollpatschigen kleinen Fingern›, wie sie zu sagen pflegte, einen Schaden zufügen.

«Und jetzt werde ich ihn schön wegpacken», verkündete sie und verzog sich in ihr Zimmer.

Ich war noch keine vier Jahre alt, aber ich wusste bereits, was es bedeutete, wenn Großmutter etwas wegpackte. Zu meinem dritten Geburtstag hatte ich von meinem Patenonkel ein Feuerwehrauto geschenkt bekommen, riesig und schön und rot, rundherum lief ein goldener Streifen, die Räder und alles andere glänzten schwarz. Am Wagen gab es eine kleine Kurbel, an der ich drehen konnte. Dann fuhr eine Leiter aus bis über meinen Kopf, und auch sie konnte sich drehen. Außen, neben dem Fahrersitz, war eine kleine Gummihupe angebracht, die richtig hupen konnte, und das klang genau so wie bei den Autos auf der Straße.

Ein einziges Mal durfte ich damit spielen: an dem Tag, als ich es bekam. Kaum war mein Pate gegangen, schlug Großmutter blitzschnell zu. Sie packte das Feuerwehrauto wieder ein und verstaute es oben auf ihrem Schrank.

«Du mit deinen tollpatschigen kleinen Händen machst es nur kaputt», sagte sie.

Ich versuchte es mir zurückzuholen, sooft ich allein im Zimmer war, aber der Stuhl, den ich zum Schrank schob, um darauf zu steigen, nutzte mir nichts. Wie sehr ich mich auch reckte und streckte, zwischen meiner Hand und der Schachtel klaffte noch mindestens ein halber Meter.

Ich war sicher, auch der Mantel würde neben dem Feuerwehrauto landen, aber da irrte ich mich. Statt ihn wieder in das Papier einzuwickeln, hängte Großmutter ihn auf einem Kleiderbügel in den Schrank. Den Schlüssel, mit dem sie diesen abschloss, versenkte sie demonstrativ in ihrer Jackentasche.

«Wir werden Istvánkas Mantel nicht im Alltag abwetzen», ließ sie uns wissen, und nach dem Blick zu urteilen, mit dem sie mich dabei bedachte, fand sie wohl, ich, Andriska, sei eigentlich gar nicht würdig, die Sachen des kleinen István zu tragen.

«Aber, Mutter», protestierte Vater, «er wird dem Kind zu klein sein, bis Sie ihn wieder rausholen!»

Wie üblich duldete Großmutter keinen Widerspruch.

«Überlass das nur mir», sagte sie und fügte mit einem Seitenblick auf Mutter hinzu: «Du hättest auch kein einziges ordentliches Teil, wenn ich mich nicht darum kümmern würde.»

Über den Mantel wurde danach nicht mehr gesprochen, abgesehen von den Tagen, an denen eine ihrer Freundinnen zu Besuch kam, die zugleich auch ihre Kundinnen waren. In kleinen weißen Tiegeln verkaufte Großmutter ihnen eine selbst gerührte, süßlich duftende, rosafarbene Salbe, die sie Irénke-Creme nannte, weil angeblich auch ihre eigene Haut davon so schön geworden war. Ich fand ihre Haut zwar nicht besonders schön, aber immerhin war sie nicht runzelig. Die ihrer Freundinnen dafür umso mehr.

Vor jeder Cremezubereitung gingen wir Ware einkaufen, die Tiegel bei Neruda, die Zutaten in der Török-Apotheke. Selbst ich wusste schon auswendig: Glyzerin, Lanolin, Stearin, aber Glyzerin war am wichtigsten. Das schärfte sie dem betagten, walrossbärtigen Apothekengehilfen ein, wenn sie ihm die Liste reichte. Während der Einkauf zusammengestellt wurde, tauschten sie Erinnerungen aus, und so erfuhr ich mit halbem Ohr viel Sonderbares, das ich eigentlich nicht ganz verstand.

Großmutter war, bevor sie Frau Nyerges wurde, selbstständige Kosmetikerin und Friseuse gewesen, die zum Kämmen in die Häuser ging. Zu ihren Kunden zählten die vornehmsten Familien. Sie hatte schon damals in der Török-Apotheke eingekauft, aber nicht für sich, sondern nur für die Kundschaft.

«Mir könnten Sie das Geheimnis Ihrer Creme wirklich verraten, meine liebe Irénke», bettelte der alte Gehilfe jedes Mal.

«Glyzerin, Lanolin, Stearin», antwortete Großmutter kurz angebunden.

«Na gut, aber in welchem Verhältnis …?»

«Das soll mein Geheimnis bleiben. Bestellen Sie die Creme, ich liefere gern!»

Dabei blieb es, und wenn wir dann auf die Straße traten, sagte sie mir immer, ihre Creme sei hundertmal besser als die in der Fabrik hergestellte. Wahrscheinlich seien ihr deshalb einige Kunden treu geblieben, obwohl sie mit dem Frisieren und allem anderen längst aufgehört habe.

Es gab da eine große, nervöse und für meinen Geschmack allzu aufdringlich parfümierte Dame, die vor lauter Schals und Spitzen und Schleiern kaum zu sehen war, und die Großmutter Gräfin Ruppcsics nannte. Aber sie setzte immer hinzu, sie sei nur die Frau eines Grafen gewesen, und das auch nur für fünf Minuten, wenn es hochkomme … Die Ankunft der Ruppcsics war trotzdem ein Ereignis. Ihr zuliebe wurde sogar mein Wintermantel hervorgeholt, und ich drehte mich darin im Kreise, damit er von allen Seiten zu sehen war.

«Nun, was sagen Sie», bohrte Großmutter, «mein Enkelkind im Mantel des Enkels unseres Reichsverwesers!»

Die Ruppcsics sagte nichts, nahm stattdessen den Kleiderbügel in die Hand, auf dem mein Mantel gehangen hatte, und betrachtete ihn lange. Es war ein schöner Kleiderbügel, mit gemustertem Stoff bezogen und der Aufschrift versehen: Suvretta Haus St. Moritz.

«Wann waren Sie denn dort, Irénke?»

Eine Lokomotive würde eher erröten als Großmutter, aber zu meiner Verwunderung wurde sie jetzt krebsrot. Ich verstand nicht, warum, ich hatte sie noch nie verlegen gesehen. Dann fasste sie sich wieder.

«Den haben wir geschenkt bekommen, und wir benutzen ihn nur für Istvánkas Mantel. Ist es nicht egal, von wem wir ihn bekommen haben?»

Die Ruppcsics verzog spöttisch herablassend den Mund und bemerkte mit einer auch für mich erkennbaren Verachtung: «Ach ja, die Rebekka war mal wieder wohltätig!»

Mit meinen Eltern war ich selten allein, wie auch sie miteinander, aber bevor Vater zu seiner Nachtarbeit ging, hatten wir ein paar Minuten, um über dies und jenes zu sprechen. Großmutter bereitete in der Küche Brote zu.

«Vati, habe ich den Mantel von einer Rebekka bekommen?»

Meine Eltern stutzten bei der Frage. Vater zog mich zwischen seine Knie und fragte, woher ich das hätte. Jetzt war ich erschrocken.

«Keine Angst, mein Bärchen», beruhigte er mich, «es gibt schlechte Menschen, die die Frau, von der du ihn hast, Rebekka schimpfen. Weißt du, sie soll sogar aus ihrer Wohnung vertrieben werden!»

«Wo wohnt sie denn?»

Meine Eltern tauschten einen Blick.

«In der Burg, aber darüber darfst du mit niemandem reden, uns kann das nämlich auch passieren …»

Als Mutter glaubte, ich hörte nicht mehr hin, fragte sie mit unterdrückter Stimme: «Die Ruppcsics wird doch nicht zu den Pfeilkreuzlern übergelaufen sein?»

Vater zuckte mit den Schultern.

«Der alten Hu… wäre auch das zuzutrauen, kümmere dich nicht darum.»

Tausend Fragen schwirrten durch meinen Kopf: Was war mit dem Kleiderbügel, und was war eine Hu und was die Pfeilkreuzler? Aber da kam Großmutter herein, und alles musste vertagt werden. Dabei war ich neugierig, hauptsächlich des Kleiderbügels wegen, denn wir hatten lauter solche, nur dass Teneriffa, Milano, Belgrad, Algier und Gibraltar draufstand. Und wir hatten ebensolche Handtücher und Aschenbecher.

Istvánkas Mantel sah ich den ganzen Winter über nicht mehr, obwohl wir jeden Sonntag in die Theresienstädter Kirche zur Zehn-Uhr-Messe gingen. Dann steckte mich

Großmutter aber in meinen alten, ausgewachsenen Mantel, und auch sie selbst zog den an, in dem sie auf dem Markt einkaufen ging. Ich verstand lange nicht, warum sie das tat, aber einmal hörte ich, wie sie beim Ankleiden im Schutze der Schranktür vor sich hinbrummte: «Was für eine Schande! Wenn wir doch wenigstens die Kirchensteuer zahlen könnten!»

Wir saßen immer in derselben Bank, neben denselben Leuten.

«Wie geht es, Irénke, du Ärmste?»

Und sogleich begann sie zu jammern: «Wie soll es schon gehen? Sollte dieses Kind am Leben bleiben, dann weiß ich auch nicht, wie wir es kleiden sollen.»

Hier zischten die Nachbarn im Allgemeinen eine Warnung, ich könnte ja hören, was sie zu flüstern meinte. Doch sie winkte nur ab: «Und wenn schon, er versteht es doch nicht. Ich weiß nicht, warum sie es derart eilig mit ihm hatten. Denen geht's wohl zu gut. Dabei sind sie noch jung, sie hätten sich ruhig Zeit lassen können.»

An dieser Stelle mahnte uns Pfarrer Hévey mit einem Fingerklopfen zur Ruhe, denn er stand schon zur Predigt bereit auf der Kanzel. Alle anderen waren längst verstummt.

Eines Morgens erwachten wir früher als sonst, die Sonne blitzte uns in die Augen. Und es blieb heiter, kein Regen fiel, kein Wind regte sich, der Himmel war von klarem Blau.

«Wen Gott liebt, den belohnt er auch», verkündete Großmutter und beim Frühstück erklärte sie, dieses schöne Wetter sei ihr Geburtstagsgeschenk, und zwar vom lieben Gott persönlich. Heute sei nämlich der fünfte April, und ebendeshalb sei die grausige Kälte heute vorbei.

Das Wetter blieb den ganzen Tag über freundlich, und Vater meinte: «Wenn es so bleibt, dann können Sie jetzt den Jungen an die frische Luft bringen, nicht wahr, Mutter?»

Der Arzt vom Weißen-Kreuz-Krankenhaus hatte vergangenes Jahr gesagt, die ganze Blutübertragung nutze gar nichts, ich müsse in Höhenluft, sonst bekäme ich wieder Ärger.

«Höhenluft», murmelte Vater, und die zwei obersten Falten auf seiner Stirn formten ein V. «Da hilft nichts, wir müssen unsere Ringe verpfänden, vielleicht sogar meine Schaffhausen-Uhr …»

Ich reiste mit Mutter nach Mátraháza, zwar nur in eine Pension, wie es hieß, aber immerhin mit ärztlichem Bereitschaftsdienst. Ich verschlief die ganze Reise, doch bei der Ankunft musste ich mich zusammenreißen. Mutter schleppte die Koffer und konnte mich nicht bei der Hand nehmen. Allein trottete ich neben ihr her, während sie mich nach Kräften lobte: «Was habe ich für einen selbstständigen kleinen Sohn!»

Ich sah, dass sie müde war. Sie musste die Koffer oft absetzen, aber jedes Mal sagte sie: «Wir werden uns sagenhaft wohlfühlen! Es gibt hier eine Rodelbahn und ein Kino und überhaupt alles, und vor allem diese Luft zum Anbeißen! Atme sie nur schön tief ein, mein Schatz, damit sie deine Lunge reinigt!»

Beim Anblick der ‹Pension› verging mir Hören und Sehen. Alles hier war blitzblank, und unsere Füße versanken in dicken Teppichen. Wir mussten auf den livrierten Portier warten, der gerade in einer fremden Sprache telefonierte. Mutter gab sich selbstbewusst. Man wusste von unserer Reservierung – jawohl, eine Woche. Allerdings stellte sich heraus, dass sich unser Zimmer im obersten Stockwerk befand. Dort fuhr kein Aufzug hin, und leider hatte es kein eigenes Bad.

«Wissen Sie, mein Sohn ist krank», sagte Mutter, «Dr. Győri vom Weißen Kreuz hat uns diese Pension empfohlen und gesagt, bei Ihnen würde alles bestens sein …»

Aber es half nichts. Der Portier hob nur die Arme, als wollte er sagen: Was geht mich das an?

«Das kommt alles daher», brummte Mutter, als wir aus dem Aufzug stiegen und sie die aufgehaltene Hand des Boys geflissentlich übersah, «das kommt daher, dass ich mir keinen Gepäckträger leisten konnte. Sie haben gesehen, dass ich die Koffer selber schleppe, und glauben jetzt, mit uns könnten sie alles machen.»

Ich fing an vor Müdigkeit zu weinen, und sie tröstete mich.

«Keine Sorge, mein Schatz, diese Luft wird dir guttun, und nichts sonst zählt! Wir zwei, du und ich, wir pfeifen doch auf alle, nicht wahr?»

Ich begriff jedenfalls, dass sie hier anders mit mir sprach als zu Hause – fast so ernst wie mit meinem Vater, und das gefiel mir.

Im Restaurant ging alles so weiter, wie es begonnen hatte: Die anderen saßen an Vierertischen und in Gesellschaft, für uns deckte man einen Zweiertisch direkt neben dem Durchgang zur Küche. Die Schwingtür ging unablässig auf und zu, und Mutter konnte ihre Wut kaum bändigen. Sie zuckte jedes Mal demonstrativ zusammen, doch außer mir bemerkte das niemand. Ich sah, wie sie ihren Blick im Saal umherschweifen ließ, als suchte sie Bekannte, aber hier gab es nur alte Leute und kein einziges Kind. In dieser Umgebung wirkte sogar Mutter mit ihren dreiundzwanzig Jahren wie ein Kind.

Am nächsten Tag gingen wir wieder zu zweit spazieren, speisten zu zweit. Wir gingen zur Rodelbahn, aber es stellte sich heraus, dass auch die Pensionsgäste Eintritt zahlen und für Geld einen Rodel ausleihen mussten. Und da die meisten sowieso ihren eigenen Rodel benutzten, wäre ein geliehener auch nicht das Wahre gewesen. Wir wollten eine Postkarte kaufen, um nach Hause zu schreiben, aber Mutter war völlig entsetzt über die Preise, und dasselbe spielte sich an der Kinokasse ab. In der Nacht drangen sonderbare Geräusche aus der Richtung ihres Betts an mein Ohr. Ich wagte nicht zu fragen, was denn sei, aber plötzlich begriff ich, dass sie unter ihrer Bettdecke weinte. Am dritten Tag versuchten wir, in der ärztlichen Sprechstunde vorstellig zu werden, doch niemand reagierte auf unser Klopfen. Mutter riss ihre Hand empor – aber auch ihre Armbanduhr war verpfändet worden. Wir mussten in die Lobby hinuntergehen, dort gab es eine große Wanduhr. Sie zeigte Viertel nach fünf.

«Wir rufen jetzt Vati an», sagte sie, und ich hörte an ihrer Stimme, dass sie wieder mit den Tränen kämpfte. Trotzdem widersprach ich.

«Aber um diese Zeit schläft er doch!»

Vater arbeitete bis nachmittags um vier im Büro der MRG und Palma Kautschuk AG in der Sasstraße. Wenn er nach Hause kam, schlief er eine Stunde, zog dann seinen Smoking an und ging wieder, um im Parisien Grill, in der Kolibri Bar oder im Emke Musik zu machen, je nachdem, wo er gerade engagiert war. Ich habe nie wirklich durchschaut, ob er nun Schneider oder Musiker war, und es wollte mir nicht in den Kopf, er wäre vielleicht beides. Er musste bis Ladenschluss spielen, auf Wunsch auch länger, und normalerweise kehrte er erst im Morgengrauen heim. Dann schlief er wieder ein wenig und ging anschließend ins Büro von MRG. Er bekam für den Abend fünf Pengő, einen schwarzen Kaffee und ein Fünftel des Trinkgelds.

«Ich weiß, dass er schläft, mein Schatz, aber ich stehe hier in dieser Hölle mit einem fiebernden Kind, wir haben kein Geld, es ist kein Arzt da, und ich muss mit jemandem besprechen, was ich tun soll!»

Wir warteten noch ein wenig, weil Großmutter gewöhnlich um halb sechs in die Küche ging, um für Vater einen Happen zuzubereiten. Erst dann konnten wir sicher sein, dass nicht sie das Telefon abnehmen würde.

Die Telefonzelle befand sich in der Lobby, just gegenüber dem Empfang. Mutter sprach lange und erregt. Als sie herauskam, warf sie dem Portier ein Dankeschön hin. Er aber verstellte uns den Weg.

«Setzen Sie es auf die Rechnung», sagte Mutter daraufhin. Doch die auf große Welt angelegte Geste gelang ihr nicht.

«Bitte diese Kosten sofort zu begleichen», forderte der Portier mit erhobener Stimme, und die Leute begannen uns auffällig zu mustern.

«Ich sagte doch, mit der Rechnung», versuchte es Mutter erneut.

Mit einemmal stand der Direktor vor uns.

«Ehrlich gesagt machen wir uns auch wegen der Rechnung große Sorgen, gnädige Frau.»

Das war zu viel. Aus Mutter brach die ganze Verbitterung der letzten drei Tage heraus, und sie keifte los:

«Das verbitte ich mir! Ich bin wegen meines kranken Kindes hergekommen und nicht, um mich von Ihnen beleidigen zu lassen!»

Die beiden Männer, jeder einen Kopf größer als sie, nahmen sie in ihre Mitte und redeten auf sie ein.

«Gnädige Frau, Ihr Stil ...»

«Was ist mit meinem Stil?»

«Der ist hier nicht genehm, Sie werden sich zu mäßigen belieben, sonst ...»

«Was ist sonst?»

Ich brach vor Entsetzen in Tränen aus, und Mutter zerrte ihre Geldbörse hervor.

«Geben Sie mir die Rechnung», stieß sie hervor, «hier bleiben wir keine Minute länger. Ich werde dafür sorgen, dass Dr. Győri vom Weißen Kreuz davon erfährt!»

Wir packten unsere Sachen und fuhren in Windeseile zum Bahnhof. Wieder verschlief ich die ganze Reise, und als wir zu Hause ankamen, war es schon Nacht.

«Und was wird aus den restlichen vier Tagen?» Großmutter forderte Rechenschaft, als hätte Vater sie damit beauftragt, bevor er zum Musizieren fortging. Sie stemmte die Arme in die Seiten.

«Mein Sohn verdient das Geld im Schweiße seines Angesichts, und du schmeißt es mit deinen Faxen zum Fenster hinaus!»

Das war der erste und letzte Versuch, mich in Höhenluft zu bringen. Aber Dr. Győri vom Weißen-Kreuz-Krankenhaus meinte anlässlich eines Sonntagsbesuchs: «Keine Spielchen mit der Lunge. Wenn Verreisen nicht drin ist, dann muss das Kind eben jeden Tag zum Schwabenberg oder ins Stadtwäldchen, das ist ganz gleich. Alles ist besser als der Ruß vom Westbahnhof!»

Wir wohnten so nahe am Bahnhof, dass wir vom Fenster aus die einfahrenden und rauszockelnden Züge sehen konnten. Wir hörten das Rattern, das Rangieren und das Zischen des Dampfs, wenn er den Schornsteinen der Lokomotiven entwich; und wenn der Wind richtig stand, konnten wir sogar die Rufe der Bahnarbeiter verstehen.

«Schau mal, mein kleines Bärchen.» Vater zeigte auf den Bahnhof. «Das dort ist die Zisch-Puff-Straße!»

Wenn ich mich zu weit aus dem Fenster lehnte, rief sofort jemand: «Komm da runter, du fällst noch raus!»

Und nach jedem Lüften beklagte man sich: «Putzen lohnt sich hier nicht, der Ruß liegt ja fingerdick auf den Möbeln.»

Mutter unternahm verzweifelte Versuche, eine Arbeit zu finden, damit auch sie ein bisschen Geld verdienen konnte. Ihr Tanzlehrerdiplom wurde nicht mehr anerkannt. Sie verbrachte den ganzen Tag mit der Stellensuche, und es war Großmutters Aufgabe, mich an die frische Luft zu bringen. Daraus wurde lange Zeit nichts. Wir zogen lediglich von einer Apotheke zur anderen, weil ihr die Zutaten für ihre Creme ausgegangen waren. Alle behaupteten, man würde während des Krieges nirgends Glyzerin bekommen. Eines Tages hatten wir trotzdem Glück. Der alte Gehilfe in der Török-Apotheke hatte ein wenig beschaffen können.

«Nur für Sie, meine liebe Irénke, der Erinnerungen wegen, Sie wissen schon.»

Großmutter stürzte sich in die Cremeherstellung und benachrichtigte eilends ihre Freundinnen, sie könnten kommen.

«Nun werden wir uns nicht mehr mit Gesindel abgeben müssen», sagte Großmutter, «denn ich habe eine Dauerkarte für die Margareteninsel gekauft. Sie kostet zwar drei Pengő im Monat, aber das lohnt sich!»

Es kümmerte sie nicht, dass der Zutritt zum Stadtwäldchen nichts kostete. Die Vorstellung, dass sich dort Wer-auch-immer neben sie auf die Bank setzen und zu einem Gespräch nötigen konnte, fand sie unerträglich. Und sie erinnerte uns an dieses ‹Straßenkind›, das einmal plötzlich aufgetaucht war und aus meinem Kinderwagen ein Spielzeug gestohlen hatte.

«Auf der Insel kann so etwas nicht vorkommen», erklärte Großmutter.

Aber da war wohl noch etwas. Über die Zugangsberechtigung hinaus verschaffte ihr diese Karte eine weitere Befriedigung.

Auf dem gelben Karton mit meinem Foto musste die Anrede für die ‹Aufsichtsperson des Kindes› eingetragen werden. Sooft sie also am Eingang zur Insel den Ausweis hochhielt, begrüßte der Wärter sie mit ‹Gnädige Frau›. Sie trug dann eine Miene zur Schau wie bei der heiligen Kommunion, wenn die Hostie auf ihrer Zunge zerschmolz.

Schon bei den Vorbereitungen für den Ausflug auf die Insel war alles anders als sonst. In Erwartung der Begrüßung verwandte Großmutter die größte Sorgfalt auf ihr Äußeres. Sie nahm ihren maßgeschneiderten Mantel, der ihrer riesigen, grobschlächtigen Figur zu meiner größten Überraschung so etwas wie eine Taille verlieh. Sie zog Handschuhe an, setzte einen Hut auf und ergriff ihre mit Perlen besetzte, zierliche Handtasche, aus der sie mit ihren knorrigen Fingern in der Straßenbahn das Kleingeld nur mit Mühe hervorkramen konnte. Sie stäubte sich Puder ins Gesicht, tupfte einen Tropfen Parfum hinter die Ohrläppchen und warf einen letzten Blick in den Spiegel. Mir schien, ich würde gar nicht mit meiner Großmutter losziehen, sondern mit einer wildfremden Person.

«Um diese Jahreszeit sind die Fasane schon draußen, wir werden sie anschauen.» Diese Ermunterung war überflüssig, denn trotz meines zwiespältigen Verhältnisses zu freilaufenden Fasanen – einerseits hatte ich große Angst vor ihnen, andererseits große Lust, einen zu fangen – hatte ich mich gar nicht gesträubt.

Noch mehr freute ich mich allerdings auf die Fahrt in der Straßenbahn, denn ich würde wieder einmal die Tasche des Schaffners sehen. Von dieser Tasche konnte ich den Blick nie abwenden, wenn der Schaffner in den dunkelbraunen Tiefen kramte und in den unzähligen kleinen Fächern blind das Gesuchte fand: die richtigen Münzen, Billetts und Dauerkarten. Außen an der Tasche baumelte eine Lochzange – in meinen Augen ein noch unerreichbarerer Wunschtraum als mein Feuerwehrauto –, und ihr Besitzer war ein Zauberer, dem es gestattet war, sich auf die Stufen zu schwingen, zu pfeifen und zu rufen, mittels einer von der Wagendecke hängenden Lederschnur zu läuten und die Leute anzubrüllen. Er konnte ein Billett ‹auf lang› lochen, was etliche Fahrgäste verlangten. Ich wollte Großmutter auch dazu überreden, aber sie ging nicht darauf ein und sagte nur, das wäre proletenhaft. Wir hingegen wären ‹bessere› Leute. Ich war ganz geknickt, weil ich so gern gesehen hätte, wie ein ‹langes› Loch aussah.

Obwohl ich wusste, dass wir zur Margareteninsel fahren würden, war ich überrascht, als sie Istvánkas Mantel aus dem Schrank holte. Ich hatte ihn schon so lange nicht mehr angehabt, dass er mir ganz merkwürdig vorkam – als hätte er sich in der Zwischenzeit verändert. Auch Großmutter musste etwas aufgefallen sein, denn sie ließ ihren Blick lange auf mir ruhen, was sie sonst nie tat.

«Der soll ihm zu klein geworden sein?», murmelte sie, «der ist ja größer als damals, als ich ihn mitgebracht habe.»

Sie ergriff vehement die Kleiderbürste und begann wie wild den Kragen des Mantels zu bürsten.

«Au, das tut weh!»

Die rauen Borsten kratzten unangenehm auf der Haut. Ich versuchte auszuweichen.

«Keine Faxen!» Großmutter packte mich und fegte mit der Bürste über meinen Nacken, «wenn du nicht brav bist, gehen wir nirgendwohin!»

Bevor wir die Wohnung verließen, blieb sie noch einmal kurz stehen, drückte Daumen und Zeigefinger aufeinander und machte ein Kreuzeszeichen auf meine Stirn, wobei ich ihren Fingernagel deutlich spüren konnte. Dann gab sie mir einen kleinen Schubs.

«Na, gehen wir», sagte sie. «In Gottes Namen!»

2

Als wir aus dem Haustor ins grelle Licht hinaustraten, kniffen wir die Augen zusammen. In der gleißenden Sonnenflut sah die Eötvösstraße ganz verändert aus. Am Firmenschild des Blechhändlers schimmerte die abgeschlagene Emaille, die gegenüber aufgestellten Milchkannen leuchteten, an schattigen Stellen hingegen schien die Fahrbahn ins Nichts zu verschwinden. Großmutter öffnete die beiden obersten Knöpfe ihres Mantels und beeilte sich, mir dasselbe zu verbieten.

«Willst du dich etwa erkälten?»

Beschämt trottete ich neben ihr her. Ich musste zugeben, ich wäre zu einer solchen Schandtat durchaus fähig gewesen, und gerade jetzt fing es auch noch an, in der Nase zu kitzeln.

«Na bitte», platzte Großmutter heraus, als ich losnieste. «Was soll ich jetzt bloß mit dir machen, he? Sollen wir umkehren?»

Stumm schüttelte ich den Kopf.

An der Ecke des Theresienrings, noch bevor wir die Straße überquerten, brauste ein Lastwagen vorüber und füllte die Luft mit dem Duft frisch gebackenen Brotes. Großmutter riss mich mit einem Ruck herum. Statt wie üblich zur Haltestelle der Linie 66 in der Podmaniczkystraße zu gehen, schlug sie die Richtung zur Zentralpost ein.

«Wenn du brav bist, wenn du einmal im Leben ein liebes Kind sein könntest», sagte sie, «dann würden wir heute zu Fuß zur Insel gehen. Der Geheimnis-Mann wäre sicher auch dort ...»

Offensichtlich hatte sie einen Moment lang vergessen, dass ich schon älter als vier war. Es lag lange – mindestens ein Jahr – zurück, dass ich ein zweifach gefaltetes, kariertes Blatt Papier spannend gefunden hätte. Ein unbekannter alter Herr verteilte sie an die Kinder auf der Insel. Dabei legte er seinen Finger auf die Lippen und sagte: «Pst! Das ist ein Geheimnis, du darfst erst zu Hause reinschauen!»

Daheim war die Enttäuschung immer groß, denn auf dem Blatt stand nie ein wirkliches Geheimnis, nur solche Albernheiten wie: ‹Brave Kinder träumen schön›. Das machte vielleicht auf Wickelkinder Eindruck, ich war darüber weit erhaben ...

Großmutter war heute offenbar ganz wild auf einen Spaziergang, denn sie machte weitere Versprechungen.

«Wenn wir zu Fuß gehen, kommen wir bei Epstein vorbei. Der hat die besten Salzhörnchen der Welt. Du könntest damit die Fasane füttern ...»

Was für eine Idee, dachte ich, die esse ich lieber selbst!

Aber sie hatte mich überzeugt. Ich legte also meine Hand in ihre und zog sie fort: Gehen wir!

Noch einmal verfiel sie in ihren üblichen Ton. «Wenn du quengelst oder dich aufführst, kehren wir um», drohte sie. «Ich will mich deinetwegen nicht vor den Leuten schämen müssen.»

«Ich werde ganz brav sein», flüsterte ich ergeben. Erst als die 66er an uns vorüberrumpelte, wurde mir klar, was mir heute entging: Ich würde weder den Schaffner mit seiner tausendfächrigen Tasche sehen noch eine neue Fahrkarte für meine Sammlung bekommen.

Ich kannte die Ringstraße nur bis zum Westbahnhof. Weiter war ich auf eigenen Füßen noch nie gekommen. Zwar besuchten wir alle vierzehn Tage die Eltern meiner Mutter in Buda, aber dann fuhren wir mit der Elektrischen bis zum Széll-Kálmán-Platz und gingen dann bis zur steilen Ostromstraße nur noch ein kleines Stück zu Fuß.

Saß ich mit meinen Eltern in der Straßenbahn, interessierten mich weder der Schaffner noch seine Tasche. Ich schmiegte mich quer in beider Schoß, sodass mein Kopf und alles andere an mir etwas von ihnen spürte. Es war ein Zustand traumgleicher Seligkeit, der sich auch nach der Ankunft in der Ostromstraße fortsetzte.

Ich wurde sofort in die heiße Badewanne gesteckt. Das Wasser duftete herrlich nach Schaumbad, die Wand war weiß gefliest – und nicht nur gestrichen, wie bei uns zu Hause. Ich durfte plantschen und mit meinem kleinen gelben Gummifisch spielen, soviel ich wollte. Wenn ich die Schwanzflosse drückte, quoll Wasser aus dem Maul.

Nach dem Baden brachten sie mich ins Bett. Das Schlafzimmerfenster ging auf den Garten, und die Sonnenstrahlen fielen durch die braunen Fensterläden ins Zimmer. Unter meinen Augenlidern wurden sie zu fliegenden Figuren, vielleicht noch Wirklichkeit, vielleicht schon Traum. Ich hätte es nicht sagen können, denn ich schlummerte ein.

Wenn ich erwachte, stand eine ganze Leibgarde an meinem Bett: rechts Mama und Papa, links Großvater Zsiga und Großmutter Margit.

«Was befiehlt mein kleiner Prinz?», fragte Letztere. Sie wartete die Antwort nicht ab, denn wir wussten beide, was jetzt kam. Es war ein festes Ritual. Meine hundertsieben Kilo schwere Großmutter kitzelte mich mit ihren flinken Fingern und lachte dazu ein glucksendes Lachen. Ich wand mich im Bett, als wollte ich mich vor ihr verstecken, aber sie erwischte mich immer wieder und fand meine empfindlichsten Punkte. Das wilde Geschrei und Gekreisch endete immer mit Husten und der Sorge, mit dem nackten Rücken könnte ich mich erkälten.

Großmutter Margit verschwand und kehrte mit ‹meiner Tasse› wieder. Sie war aus chinesischem Porzellan. Am oberen Rand verlief ein goldener Streifen, weiter unten spielten blaue und rosafarbene Fische Fangen. Heiße Schokolade dampfte darin, und auf dem kleinen Teller mit dem gleichen Muster lag eine Scheibe Rosinenstollen. Meine Leibgarde stand da und wartete, dass ich aufaß und meine Zufriedenheit bekundete.

«Ist der kleine Prinz satt, oder soll ich vielleicht-etwa noch eine Tasse holen?», fragte meine Großmutter.

«Vielleicht-etwa jaaa!» schrie ich begeistert. Ich kramte in meiner Erinnerung nach weiteren Ausdrücken, die ich nur von ihr kannte. «Obwohl-nichts-desto-trotz», krakeelte ich und erntete großes Gelächter.

«Nein, Margit, keinen Kakao mehr,» meldete sich Großvater zu Wort. «Der kleine Prinz möchte jetzt reiten. Oder lieber ‹Sackverkäufer› spielen?»

«Sackverkäufer, Sackverkäufer», schrie ich begeistert. Also nahm er mich huckepack und galoppierte mit mir durch die Wohnung. An jeder Tür machte er halt und rief:

«Sack zu verkaufen, habe einen schweren Sack zu verkaufen!»

Dabei flüsterte er mir ins Ohr: «Ich würde dich nie verkaufen!»

«Zsiga, denk an dein Herz», rief Großmutter, sooft wir an ihr vorübertrabten.

«Vater, das ist doch nichts für dich,» mahnte auch Mutter.

Großvater blieb stehen.

«Für mein Herz gibt es nichts Besseres als meinen Enkel auf dem Rücken und damit basta.»

Während unseres wilden Galopps durch die Wohnung sog ich tief den feinen Geruch ein, der Großvaters Hemd und Weste entströmte. Als ich ihn nach dem betörenden Duft fragte, rief er beglückt aus: «Aha! Gut so! Ich glaube, Partner, aus dir wird mal ein großer Pfeifenraucher!»

Wir kamen in sein Zimmer, das mit Bücherschränken ganz vollgestellt war. Großvater setzte mich ab und platzierte ein kleines Gestell vor mir auf dem Tisch, auf welchem rundherum Pfeifen wie Menschen Rücken an Rücken lehnten. Eine war lang und kohlrabenschwarz, eine andere kurz und hatte die Farbe von Milchkaffee. Mein Liebling war ganz klein und hatte ein sonderbares Muster, über das ich so gern mit dem Finger strich.

«Das ist kein Muster», erklärte Großvater, «das sind Adern. Weißt du, wozu die da sind?»

Ich wusste es nicht, und er verriet es auch nicht sofort, sondern ließ mich schmoren, bis ich vor Neugier platzte.

«Nun, die braucht der Baum für seinen Stoffwechsel.»

«Für was?», fragte ich.

Er starrte mich verdutzt an.

«Wie ‹was›? Ach ja, natürlich! Woher solltest du das auch wissen! Warte, ich erkläre es dir, du wirst es gleich verstehen. Also, du isst und trinkst doch, nicht wahr? Und ein bisschen später musst du auf die Toilette zum Wasserlassen und zum Stuhlgang.»

Ich wurde rot und starrte auf den Boden. Was sagte Großvater da für Sachen? Vornehme Kinder unterhielten sich nicht über diese Dinge, das wusste ich von meiner anderen Großmutter.

«Was hast du denn?», erkundigte sich Großvater.

Er hob mein Kinn, sodass ich ihm in die Augen blicken musste.

«Auf die Toilette muss doch jeder, ich auch, warum schämst du dich denn?»

Großmutter Irén sollte das hören, dachte ich. Aber ich sagte nichts, und er sprach weiter.

«Wenn du isst und trinkst, dann musst du nachher, also sagen wir, ein kleines Geschäft und ein großes Geschäft verrichten. Aber nicht, weil du ein böses Kind bist, sondern weil man das einfach muss. Was da rauskommt, muss auch raus! Das wäre gar nicht gut, wenn es drinnen bliebe.»

Ich fand das komisch, und auch Großvater schmunzelte.

«Siehst du, Partner, im großen Ganzen nennt man das Stoffwechsel. Oben rein, unten raus.»

«Und wo findet der Wechsel statt?», fragte ich.

«Wo schon, wo, in deinem Bauch, in deinem Darm, in ...»

Er wurde unterbrochen, denn die Tür ging auf, und die anderen drängten herein.

«Hier habt ihr euch also versteckt! Was treibt ihr beiden denn? Es gehört sich nicht, sich zu zweit zu verkriechen.»

«Margit, stell dir vor, ich habe dem Kind den Stoffwechsel erklärt.»

Mutter meinte besorgt: «Papa, ist es dafür nicht noch ein bisschen zu früh?»

«Es ist nie zu früh», entgegnete Großvater. «Du selbst warst auch nicht älter, als ich es dir beibrachte!»

Ich nickte eifrig zu Großvaters Worten, denn ich war furchtbar stolz, dass ich wieder etwas gelernt hatte wie vielleicht-etwa und obwohl-nichts-desto-trotz.

Zu Hause in der Eötvösstraße konnte ich es kaum erwarten, mit meinem frisch erworbenen Wissen zu glänzen. Großmutter Irén fand allerdings, allem voran wäre Händewaschen an der Reihe.

«Das Abendessen ist fertig. Ich warte seit Stunden auf euch und habe es schon weiß nicht wie oft wieder aufgewärmt. Es gibt Sauerampfersauce mit Fleisch.»

«Ich habe aber keinen Hunger», verkündete ich. Ich bekam Gänsehaut, wenn ich an den sauren, hellgrünen Brei mit den weißen Klümpchen dachte. «Ich habe Kakao und Stollen bekommen und bin satt, aber stell dir vor, Großvater hat mir den Stoffwe...»

Rumms! Großmutter stapfte den langen Flur entlang und knallte die Küchentür hinter sich zu. Unter ihren Schritten ächzten und stöhnten die alten Dielenbretter. Wir hörten sie in der Küche rumoren.

«Ja freilich, beim Allergütigsten! Alle vierzehn Tage einmal! Dann ist es einfach mit Kakao und Stollen! Das ist es, was ein Kind braucht, wenn es an Blutarmut leidet, da sind ja auch Vitamine drin! Das ist also die berühmte Wissenschaft des lieben Schwiegervaters, des alten, verfluchten Gottesleugners, mit seinen vielen Diplomen. Und die Schwiegermutter! Die ist auch ihr Geld wert! Macht sich zum Affen für das Kind und isst ihn schier auf, erlaubt ihm alles, dem Rotzbengel, weil sie die gütige Großmama ist. Und ich, die ich mich Tag für Tag mit ihm plage, ich bin die Böse! Das würde ich gern mal sehen, wenn sie für seine Ernährung sorgen müsste. Sie hätte ganz schnell genug, das ist sicher. Das Pflügen ist des Zigeuners Sache nicht.»

Mutter und ich saßen regungslos da. Vater war schon zum Musizieren fortgegangen. Wer würde uns nun beschützen?

Die Glasfiguren in der Vitrine klirrten, der kleine Schubladenschrank schwankte. Großmutter war also auf dem Weg ins Wohnzimmer.

Die Holzbretter hatten sich noch damals gelockert, als Mutter schlankheitswütigen Damen Tanzunterricht erteilte. Sie hüpfte herum, um die Bewegungen vorzuführen und ließ ihre Kastagnetten klappern. Sie hielt ihre Stunden in unserem Wohnzimmer ab, bis eines Tages eine neue Verordnung Leuten wie ihr das Unterrichten verbot. Ihr Diplom wurde nicht mehr anerkannt. Ich sollte nicht mitbekommen, worüber sie so viel tuschelten, aber ich ahnte doch, dass es nicht gut war, was da geschah, auch wenn das Gehüpfe nun aufgehört hatte und ich nicht mehr aufgefordert wurde, zu Großmutter hinüberzugehen. Der Parkettboden blieb, wie er war, aber seitdem konnte keiner auch nur einen Schritt tun, ohne dass alle es mitbekamen.

Nachts erwachte ich manchmal davon, dass Großmutter

herumschlich und nach kurzem Lauschen zu meinen Eltern hineinrief: «Jetzt ist aber genug des Guten!»

Ich lag regungslos in meinem Gitterbettchen und hatte schreckliche Angst, sie würde auch mich mit ihrer lauten Stimme anschreien, sollte sie merken, dass ich vom Knarzen der Dielen aufgewacht war.

Vater öffnete die Tür einen Spalt. Er sprach im Flüsterton, aber es klang so, dass ich mich an Großmutters Stelle vor ihm gefürchtet hätte.

«Mutter, wir sind schließlich verheiratet. Hören Sie auf, sonst ...»

«Sonst was?», ereiferte sich Großmutter. Sie stand da, als wolle sie die Tür einschlagen. «Willst du die Hand gegen deine Mutter erheben? Schöne Geschichten sind das! Aber der liebe Gott wird dich bestrafen, ich warne dich ...»

«Mutter, denken Sie an das Kind! Es ist mitten in der Nacht!»

Jetzt war es nicht mitten in der Nacht, aber sie kam auf die gleiche Weise ins Zimmer gestürmt. Mutter und ich kauerten nebeneinander auf dem Sofa. Großmutter baute sich vor uns auf und legte los:

«Die beschränkte Großmutter Irén lässt denen in Buda ausrichten, dass es in Zukunft keinen Kakao mehr geben wird. Ich werde nicht dulden, dass die den Appetit meines Enkels verderben!»

Jetzt auf dem Stephansring schien sie eine ganz andere zu sein. Sie verweilte vor jedem Schaufenster und begaffte alles. Ich beobachtete, wie sie ihr Spiegelbild mit prüfenden

Blicken maß und über die Schulter blickte, um zu sehen, ob etwas zurechtgerückt werden musste, eine Haarsträhne oder ihr Kragen.

An der nächsten Ecke hob ein älterer Herr seinen Hut.

«Küss die Hand, Irénke. Wie geht es Ihnen? Wohin des Weges?»

«Ich gehe mit meinem Enkel zur Margareteninsel», war die knappe Antwort. Ich wartete auf die Vorführung von Istvánkas Mantel, aber sie blieb aus. Der Fremde durfte einfach weiterspazieren. Großmutter schaute ihm mit einem verklärten Lächeln nach.

«Weißt du, das ist ein sehr vornehmer Mann, ein richtiger Herr! Es ist eine große Ehre, dass er uns grüßt!»

Es war ungewöhnlich, dass sie so etwas sagte. Sie pflegte nicht zu erklären, warum sie etwas tat, und nun dieser Plauderton!

«Ganz schön warm geworden», sagte sie und machte sich daran, meinen Mantel aufzuknöpfen. Sie strich mit ihrer behandschuhten Hand zärtlich über mein Gesicht. Heute war wirklich ein besonderer Tag: Streicheln statt Ohrfeige, ich werde es nie vergessen.

Dies war kein Spaziergang mehr, die Ringstraße glich einem Teich, während wir wie in einem Boot dahinschaukelten. Der leichte Wind brachte einen feinen, anheimelnden Duft. Ich zog Großmutter an der Hand.

«Komm schnell! Du hast versprochen, dass ich ein Hörnchen bekomme.»

«Bekommst du auch», sagte sie geduldig. «Keine Angst, das läuft uns nicht davon, es wartet auf uns. Heute rennen wir nicht, sondern gehen in aller Ruhe spazieren …»

Noch nie hatte ich etwas Derartiges aus ihrem Mund gehört. Das Gegenteil umso häufiger.

Ertappte sie Mutter mit einem Buch in der Hand, wetterte sie ohne Umschweife los: «Hast du denn nichts zu tun? Überall liegt Staub auf den Möbeln, du könntest wenigstens einen Versuch unternehmen, ihn abzuwischen. Oder dieser arme Parkettboden, der könnte auch mal wieder gebohnert werden. Zu Hause in Acsa hätten mich meine Eltern mit dem Lederriemen verdroschen, hätten sie mich dabei erwischt, dass ich untätig herumsitze! Wir hatten aber auch einen Ruf, wir Berényi-Töchter! Landauf, landab war keine tüchtiger als wir.»

Mutter klappte das Buch wortlos zu und reichte es ihr.

«Ich habe nur einen Blick hineingeworfen», sagte sie. «Ich wollte Vaters Widmung sehen. Er schickt es Ihnen, es ist gerade erschienen.»

Großmutter griff in einer Art nach dem Buch, als hätte sie Sorge, es wäre schmutzig oder verseucht. Sie spreizte ihren kleinen Finger wie beim Teetrinken. Schließlich schlug sie es doch auf und fuhr mit ihrem knöcherigen Zeigefinger die Seite hoch, bis sie die richtigen Zeilen gefunden hatte. Als wären wir nicht anwesend, las sie laut: «Für Mutter Irén in Liebe und in der Hoffnung, dass sie vom Vater ihrer Schwiegertochter nun eine bessere Meinung hegt.»

«Schau einer an», brummte sie. «In Liebe! Ich kann mir schon vorstellen, was für eine Liebe!»

Plötzlich wurde ihr unsere Anwesenheit wieder bewusst.

«Richte meinen Dank aus», sagte sie spitz. Und im Hinausgehen knurrte sie:

«Wieder so ein Staubfänger. Als hätten wir davon nicht schon genug!»

Ich hatte den Duft der frischen Backwaren noch in der Nase und zupfte Großmutter am Ärmel: Ich habe Hunger, also Beeilung, heute ist es deine Aufgabe, dich um mich zu kümmern. Ich weiß, wenn wir hier herumspazieren, ist das keine Faulenzerei, du bringst deinen Enkel an die frische Luft, aber der will jetzt sein Hörnchen haben!

Sie blieb so unvermittelt stehen, dass ich dachte, sie suchte in meinem Gesicht den richtigen Platz für eine Ohrfeige, aber sie schaute mich nur prüfend an und tat dann etwas Verblüffendes: Sie strich mir über den Kopf, schon zum zweiten Mal heute, und sagte so laut, dass auch andere Passanten es hören konnten: «Danke, lieber Gott, dass du mir so einen klugen kleinen Enkel geschenkt hast! Ja», fuhr sie fort, «wir lassen uns deshalb so viel Zeit, weil dir die Sonne guttut!»

Ich konnte den Mund schon wieder nicht halten: «Und dir auch!»

Aber das war wohl zu meinem Glück im Straßenlärm untergegangen.

Sie schnupperte in die Luft.

«Wir sind gleich da. Bei Epstein haben sie frisch gebacken, gleich hast du dein Hörnchen!»

In diesem Augenblick ertönte ein schneidend scharfer Heulton, der, anstatt leiser zu werden oder aufzuhören, immer mehr an Lautstärke zunahm. Er umkreiste uns von allen Seiten, war über meinem Kopf und unter meinen Füßen, und vergeblich presste ich beide Hände auf die Ohren, er durchdrang einfach alles. Es war so laut, dass es schmerzte. Vor Verzweiflung drehte ich mich im Kreis, aber es gab kein Entkommen.

Im Nu hatte sich alles um uns verändert. Die freundliche Geräuschkulisse der Ringstraße war verschwunden. Die gemächlich flanierenden Passanten verwandelten sich in schreiende und kreischende Wilde, die blindlings Richtung Brücke oder Bahnhof stürzten. Wer ihnen in den Weg kam, den stießen sie beiseite oder rannten ihn um – und merkten es nicht einmal. Die Autos hielten, wo der Ton sie getroffen hatte, und die Chauffeure griffen durch das kleine seitliche Vorderfenster nach den roten Gummihupen. Die Straßenbahn blieb zwischen zwei Haltestellen stehen. Der Fahrer zerrte an der Lederschnur, um mit dem Gebimmel auf sich aufmerksam zu machen.

Wie ein Raubvogel kreiste der Heulton über unseren Köpfen, flog mal ganz tief, mal etwas höher. Es war ein schauderhafter, ein ganz schadenfroher Ton, der immerzu zu sagen schien: ‹Gleich setzt's was, gleich setzt's was.›

Großmutter krallte meinen Arm, als ahnte sie, dass ich vor Angst am liebsten davonlaufen würde. Sie starrte fortwährend in den Himmel und bewegte lautlos die Lippen. Ich begriff nichts.

Wie lang es wohl dauerte, bis wir uns in diesem Irrsinn zurechtfanden? Nur allmählich wurde hier und da ein Ruf verständlich.

«Alle in die Keller und Schutzräume», schrien sich die Leute gegenseitig zu. Selbst wenn man wollte, hätte man nicht stehen bleiben können, denn der Menschenstrudel erfasste jeden und riss ihn mit sich fort. Großmutter zog mich hinter sich her, als wäre ich federleicht. Wir sprangen in einen Toreingang. Menschen drängten uns entgegen, denn der Keller dort war zu und der Hausmeister nicht da.

«Man muss die Tür aufbrechen!», erklang eine Stimme hinter uns.

«Das geht nicht, sie ist mit einer Querstange verriegelt!», kam die Antwort.

«Dann drückt sie doch ein», kreischte eine Frauenstimme, «gleich kommen die Bomben! Gestern haben sie Csepel bombardiert!»

«Diese verdammten Briten», steuerte ein Dritter bei, «diese verdammten Mörder von Briten!»

Aus der Ferne hörte man dumpf das Geräusch von Einschlägen und Explosionen. Sie kamen immer näher, und schließlich folgte ein ohrenbetäubender Knall.

«Gütiger Himmel, das war hier ganz in der Nähe», kreischte eine junge Frau, und eine heisere Männerstimme ergänzte: «Die nächste kriegen wir ab.»

«Und wem haben wir das alles zu verdanken?», fragte wieder derselbe, der eben auf die Briten geflucht hatte. «Wer benachrichtigt die Briten per Funk? Die Juden, bitte schön, die Juden!»

Der Brillenträger vor uns drehte sich um.

«Aber nicht mehr lange, Gott sei Dank. Wir sorgen schon noch dafür, dass sie das nicht mehr lange tun.»

«Wann gehen wir denn nach Hause?» Ich zog Großmutter am Ärmel. «Du weißt doch, dass ich Hunger habe, und ich muss mal, außerdem scheint hier nicht einmal die Sonne. Gehen wir endlich nach Hause!»

«Pst, stör mich nicht, ich bete!», fauchte Großmutter.

«Leute», rief jemand, «Leute, hört ihr auch nichts? Draußen ist es still!»

Er hatte recht.

«Dann war schon Entwarnung und wir können gehen!»

«Wir wären also noch einmal davongekommen», sagte jemand erleichtert.

«Ich bitte Sie, das ist nicht so sicher», entgegnete der Britenhasser. «Die Juden rufen bereits jetzt die nächste Staffel!»

«Sie sind ein Idiot», knurrte eine bisher nicht gehörte Stimme. «Die werden doch nicht riskieren, dass sie selber getroffen werden!»

«Dass ich nicht lache», entgegnete der andere streitlustig, «die haben doch Instrumente, mit denen sie feststellen können, wo Juden sind und wo nicht.»

Wieder erklang der jaulende Ton, diesmal aber nicht mehr so furchterregend, er entfernte sich und wurde immer leiser.

«Das ist die Entwarnung», sagte jemand. «Ich habe auf die Uhr geschaut, der Angriff hat genau neununddreißig Minuten gedauert.»

Wir traten wieder auf die Straße und waren ganz erstaunt, dass die Sonne immer noch schien – ja vermutlich die ganze Zeit geschienen hatte. Nun konnten wir also endlich mein Hörnchen kaufen gehen und dann unseren Spaziergang in Richtung Insel fortsetzen. Großmutter würde ihre Eintrittskarte vorzeigen, ich bekäme meinen Zettel vom Geheimnis-Mann und würde die Fasane füttern …

Stattdessen schlugen wir den Heimweg ein.

«Augen zu!», schrie mich Großmutter an, «mach sofort die Augen zu!»

Ohne abzuwarten, ob ich ihre Anweisung befolgte, bedeckte sie mein Gesicht mit der flachen Hand. Ich bekam keine Luft und biss zaghaft in das weiche Fleisch ihrer Finger. Sie kümmerte sich nicht darum, sondern umklammerte eisern mein Handgelenk und schleifte mich vorwärts. Wie ein Blinder stolperte ich neben ihr her und wäre beinahe hingefallen. Endlich nahm sie die Hand von meinem Gesicht.

«Ich werde Papa und Mama sagen, was du gemacht hast! Du hast mich fast erstickt!», brüllte ich.

«Das hier ist nichts für Kinder», erwiderte sie auf meinen Protest. «Du schaust nur auf den Gehweg vor dir, verstanden? Marsch!»

«Und was wird aus meinem Hörnchen?», fragte ich mit tränenerstickter Stimme. «Bekomme ich das auch nicht?»

«Treibe es nicht zu weit», fuhr sie mich an, «sonst setzt's was!»

Na gut, dachte ich niedergeschlagen, dann gehen wir eben nach Hause. Aber dann gehen, bitteschön, denn was sie hier tat, konnte man kaum so bezeichnen. Mit vorgebeugtem Oberkörper, als müsste sie gegen einen Orkan ankämpfen, arbeitete sie sich Meter für Meter vorwärts. Die Panzerwagen, die zwölf Jahre später mit ihren Kettenrädern über die Ringstraße rasselten, erinnerten mich an dieses unaufhaltsame Vorwärtsstürmen meiner Großmutter. Sie biss sich auf die Oberlippe und stülpte die untere drohend nach vorne: Für mich das sichere Zeichen, dass alles noch viel schlimmer war, als ich gedacht hatte, und dass ich am besten den Mund hielt. Die Leute wichen ihr aus, starrten sie aber unverhohlen an und drehten sich nach ihr um. Ich wusste nicht, warum, bis mir plötzlich bewusst wurde, dass sie laut Selbstgespräche führte. Ein unrasierter Mann beugte sich zu ihr und fragte: «Wie bitte?»

Ich genierte mich, zu ihr zu gehören, und versuchte erfolglos, meine Hand aus der ihren zu befreien.

Als wir in die Eötvösstraße einbogen, erblickten wir im Fenster der Erdgeschosswohnung schon von ferne die ‹Schande des Hauses› – eine Nachbarin, mit der zu reden Großmutter sich niemals herabließ. Sie hieß Frau Deák, war aber früher eine Frau Pazurik gewesen. Mit der Zigarette im Mund rief sie uns zu: «Wie gut, Sie zu sehen, Irénke! Sie waren doch nicht etwa dort unterwegs gewesen, wo die Bomben gefallen sind?»

Großmutter umklammerte mein Handgelenk noch fester und stieß mich vorwärts. Sie wollte den gefährlichen Abschnitt so schnell wie möglich hinter sich bringen. Mir fiel auf, dass die Frau im Fenster einen ganz neuen Hausmantel trug, und ich versuchte, Großmutter darauf anzusprechen. Sie antwortete nicht, sondern bugsierte mich wortlos ins Treppenhaus. Als wir uns im zweiten Stock in Sicherheit glaubten, traten wir auf den Gang, wo es von Leuten nur so wimmelte. Alle redeten auf Großmutter ein, aber sie tat, als hörte sie nichts.

Wir waren bereits an der Wohnungstür angekommen, als wir von unten die schrille Stimme der Hausmeistersfrau vernahmen.

«Warten Sie, Frau Nyerges, man hat Sie gesucht! Hier ist ein Brief für Sie ...»

Aber Großmutter wartete nicht, und sie machte auch keine Anstalten, wegen des Briefes wieder hinunterzusteigen. Rasch betraten wir unsere Wohnung, als könnte uns dort nichts Böses mehr ereilen.

«Komm her», schrie sie wütend, als sie sah, dass ich mich meinen Spielsachen widmen wollte. «Du kommst sofort her und dankst dem Herrn Jesus, dass er uns gerettet hat!»

In ihrem Zimmer befand sich zwischen der Tür und dem weißen, etwas schiefen Kachelofen ein selbst errichteter kleiner Altar. Sie kniete bereits davor und zog mich unsanft neben sich. Ein niedriger rotbrauner Tisch war mit einer bodenlangen weißen Decke aus gehäkelter Spitze bedeckt. Das Kruzifix an der Wand war so groß wie mein Arm, darunter standen goldgerahmte Heiligenbilder: ein Jesus und der heilige Vinzenz, der ihr persönlicher Schutzheiliger war, keiner wusste warum. Auf dem Altar stand ein großer Silberkelch, von dem ich einmal hatte sagen hören, er sähe nur silbern aus. Aber was machte das schon, geweiht war er ja, und bevor Pfarrer Hévey ihn meiner Großmutter geschenkt hatte, war er in der Theresienstädter Kirche in Gebrauch gewesen, bis dort neue, echte angeschafft worden waren. Das Geschenk war ein Ausdruck der Anerkennung dafür, dass Großmutter zusammen mit anderen Frauen aus der Gemeinde für den Altar im rechten Seitenschiff der Kirche Deckchen häkelte.

Rechts und links vom Kelch standen Kerzenhalter, zwischen ihnen thronte ein dickes schwarzes Buch. War es geschlossen, dann ergaben die Ränder der Blätter eine blutrote Fläche. Dies war ihr Sík-Schütz, ihr Gebetbuch, das sie nur an hohen Feiertagen benutzte. Für die Wochentage hatte sie ein anderes, dünneres. An der Wand hing ein Rosenkranz, ein anderer lag auf ihrem Nachtschränkchen. Es gab da Medaillons in grünem Damast und in Döschen mit Klappdeckeln. Oben auf dem Schrank standen immer ein paar Zweige Weidenkätzchen, und eine flache, hässliche Funzel verbreitete in der Wohnung denselben Geruch wie das ewige Licht in der Kirche während des Gottesdienstes.

Großmutter merkte, dass ich nur die Lippen bewegte, aber nicht wirklich betete. Ohne ihr Vaterunser zu unterbrechen, warf sie mir aus den Augenwinkeln einen drohenden Blick zu und bedeutete mir mit ihrem knorrigen Zeigefinger: Lauter! Sonst setzt's was!

Sie hatte die erste Runde ihrer Gebete hinter sich und begann nun, die Texte zu variieren und zu ergänzen. Hier und da fügte sie ein, wem heute Dank gebührte, wer vom Herrn belohnt werden sollte und wer gegen ihn gesündigt und eine Strafe verdient hatte. Im Tausch für die Gewährung ihrer Bitten bot sie Bußübungen wie ausgiebiges Fasten oder gewaltige Portionen Rosenkränze, je nachdem, was ihr angebracht erschien. Sie hatte zum lieben Gott ungefähr das gleiche Verhältnis wie zu einem alten Weib, das sich einzig darin von anderen Menschen unterschied, dass es Großmutters Anliegen nicht nur verstand, sondern auch die Macht hatte, ihre Wünsche zu erfüllen.

Sie posaunte ihre Gebete mit lauter Stimme hinaus. Ich versuchte sie zu erinnern, dass der Zahntechniker, der mit seiner Familie auf der anderen Seite der Wand lebte, sicher alles hören konnte. Manchmal erzählte er meinen Eltern, was meine Großmutter unter der Bezeichnung Beten trieb. Aber vergeblich versuchte ich etwas zu sagen, sie fuhr mich nur an, ich solle während ihres Gebets ja den Mund halten, und trug dem Herrgott weiter ihre Bestellungen auf.

«Gib, dass ich überlebe, dass mein Sohn überlebt und mein Enkelkind.»

Hier endete ihre Aufzählung. Ich war nicht einverstanden.

«Du hast Mutti vergessen», erinnerte ich sie und spürte sofort den harten Schlag im Gesicht.

«Warum schlägst du mich?», schrie ich. «Du hast Mutti weggelassen, ich musste doch was sagen!»

«Bist du still! Sonst hole ich gleich die Rute!»

Ich verstummte. Die angefeuchtete Rute war fürchterlicher als jede Ohrfeige. Erst freute man sich noch über die schönen, goldlackierten Zweige, wenn man sie zusammen mit dem Schokoladennikolaus und dem kleinen Knecht Ruprecht geschenkt bekam. Aber dann entpuppten sie sich als eine gemeine Waffe gegen meine Niederträchtigkeit, wenn ich zum Beispiel nach dem Verzehr von Lebertran mein ganzes Essen in meinen Teller erbrach. Bei so einer Gelegenheit konnte die Rute auf den nackten Waden oberhalb der Socken entsetzlich schmerzhaft sein. Großmutter vertrat die Ansicht, das Erbrochene auf dem Teller sei vollkommen in Ordnung, stamme ja schließlich von mir, und ich könne es ruhig noch einmal verschlucken. Lebertran sei teuer, und wir könnten das Geld nicht einfach so rausschmeißen. Ich würgte, schrie und trat. Mit einer Hand hielt sie meine Nase zu, mit der anderen versuchte sie mir einzuflößen, was sie mit dem Löffel von meinem Teller gekratzt hatte. Meine Arme arbeiteten wie eine Dreschmaschine, ein Schlag traf sie mitten auf die Nase. Es floss sogar Blut.

«Elender, von allen guten Geistern verlassener Bengel!», schrie sie, zog mir die Hose herunter und drosch mit der in Wasser getauchten Rute auf mich ein.

«Du wirst schon noch lernen, die Hand nicht gegen deine Großmutter zu erheben!»

Ihr Gesichtsausdruck verriet mir, dass ich sie auch jetzt zur Weißglut brachte, aber dann hatte ich Glück, und es klingelte an der Wohnungstür.

Mit schwarzem Haarnetz, in schwarzen Puschen und schwarzem Kittel stand die Hausmeistersfrau vor der Tür. Vor ihr empfand sogar Großmutter einen gewissen Respekt, nachdem wir ein paarmal mit der Miete in Verzug geraten waren. Und was mich betraf: Ich brachte mein Bedauern darüber zum Ausdruck, dass mein großer schöner Ball in den Innenhof hinuntergefallen war. Aber sie hörte es nicht.

«Frau Nyerges, ich habe gerufen, weil man Sie gesucht hat. Hätten Sie nicht zurückkommen oder ein wenig warten können? Muss ich denn wegen Ihren lumpigen Angelegenheiten hierherauf klettern! Aber die alte Wachtler ist ja eine bösartige Hexe, nicht wahr, die man in der Kirche zu grüßen sich zu fein ist. Ich meine ja nur.»

Sie kramte aus einer der schier bodenlosen Taschen ihres Kittels ein zusammengefaltetes und zerknülltes Blatt Papier hervor.

«Bitte schön, das hier wurde für Sie abgegeben.»

Ihre tiefen schwarzen Runzeln und der Mund mit den dunklen Zahnlücken verzogen sich zu einer Grimasse, die einem das Blut in den Adern gefrieren ließ.

«Es war die liebe Schwiegermutter ihres Sohnes», flötete

sie, als wüsste sie sogar, wie wenig die Betreffende meiner Großmutter lieb war. «Das Papier hat sie von mir bekommen. Sie hatte gar nichts dabei, nicht einmal eine Handtasche!»

Sie wandte sich zum Gehen, aber man konnte spüren, dass sie noch etwas in petto hatte.

«Ich rate Ihnen, sie darauf hinzuweisen, dass man den Stern außen am Mantel tragen muss!»

Als Großmutter die Tür hinter der Wachtler geschlossen hatte, lehnte sie sich mit dem Rücken an die Wand, schüttelte ihren Kopf und flüsterte: «Ich wusste, dass sie uns in Schwierigkeiten bringen würden, ich wusste es!»

Mit kleinen Schritten wich ich vor ihr zurück, während sich ihr merkwürdiger Blick auf mich heftete. Aber sie sagte nur ganz sanft: «Bitte feuchte ein Taschentuch an, und bringe es mir ...»

Das ‹bitte› klang schon ungewohnt, aber noch erstaunlicher war, dass sie das Taschentuch nicht auf die Stirn legte, sondern ihre Bluse aufknöpfte und es darunter platzierte. Wir standen uns gegenüber, und ich fragte mich, worauf wir warteten, warum wir nicht endlich zurück ins Zimmer gingen. Sie entfaltete das Papier, wobei sie keine Notiz von mir nahm, und las die Nachricht laut vor: «Liebe Ági, ich war hier. Sie haben heute Morgen deinen Vater weggebracht ...»

3

Erst viel später im Leben erfuhr ich, wer meinen Großvater weggebracht hatte und wohin. Vielleicht war das in den Zeilen, die Großmutter Margit in der dampfigen, von Kohlgeruch erfüllten Küche der Hausmeisterwohnung eilends hingekritzelt hatte, gar nicht enthalten. Großmutter Irén verschluckte jedenfalls die Fortsetzung des Schreibens und wurde dabei möglicherweise vom selben Instinkt geleitet, der sie Tag für Tag das gehässige Zauberwort ‹Nichtvordemkind!› herbeten ließ.

Für mich klang das ‹weggebracht› schon furchterregend genug, um in mir ein namenloses Grauen hochsteigen zu lassen. Es hatte mit dem Gefühl, das mich vorhin auf der Straße beim Geheul der Sirenen erfasst hatte, nicht das Mindeste gemeinsam. Eher ähnelte es der Beklemmung, mit der ich einst meine Strafe für die zerbrochene Vase mit dem Schmetterlingsmuster erwartet hatte. Ich kannte ihren Wert. Tausendmal hatte man mir gesagt, dass sie nur im äußersten Notfall verpfändet werden würde. Ich war zwischen den Scherben gestanden und hatte gewusst, dass sich das Unglück nicht vertuschen ließ. Sicher hatten sie den Krach gehört und würden gleich kommen, um mich auszuschimpfen und ein ganz bösartiges Kind zu nennen.

Und hatten sie nicht recht? War es etwa keine Bösartigkeit, sich von Großmutter Irén widerstandslos spazieren führen zu lassen, den Sonnenschein und den feinen Duft von Frischgebackenem zu genießen, während zur gleichen Zeit Großvater von irgendwem irgendwohin verschleppt wurde? Wieder roch ich den intensiven Duft nach Pfeifentabak, der Großvaters spitzer Nase, dem Rest seiner grauen Haare und sogar seinen Ohren mit den Haarbüscheln entströmte.

Zwanzig Jahre später, in der Nacht zu meinem vierundzwanzigsten Geburtstag, ging ich im Traum wieder mit Großmutter Irén an der Ringstraße spazieren. Ich wusste, dass ich erwachsen war, und war trotzdem noch vier. Ich stopfte mir mein Salzhörnchen so gierig in den Mund, dass ich fast daran erstickte. Es musste aufgegessen sein, bevor wir die Insel erreichten, sonst würde ich den Rest an die Fasane verfüttern müssen. Besonders die Krümel durften unter keinen Umständen verloren gehen. Vor Anstrengung rann mir der Schweiß den Rücken hinunter. Die Sonne schien wie verrückt, und ich hätte gern meinen Mantel ausgezogen.

Verwundert blieb mein Blick an dem Mantel hängen. Das war ja immer noch der des kleinen István!

Die Donau war so schmal, dass ich mit ausgestreckten Armen das andere Ufer hätte erreichen können, aber ich durfte mein Hörnchen nicht loslassen. Also wandte ich nur meinen Blick zu dem riesigen Haus mit den überdimensionalen Fenstern hinüber. In einem von ihnen stand Großvater. Statt seiner Brille hatte er einen Kneifer auf der Nase, wie auf dieser alten, vergilbten Fotografie, die ihn bei einem Vortrag vor den Freidenkern zeigte.

Dann ist das hier ein Traum, dachte ich, aber trotz dieser Erkenntnis war es sehr beklemmend mitanzusehen, wie zwei Soldaten neben Großvater traten und versuchten, ihn vom Fenster wegzuzerren, indem sie seine Arme verdrehten. Großvater glaubte, wir könnten ihn sehen, und rief uns zu: «Hier bin ich! Schaut doch endlich her! Ich bin es!»

Ich steckte den Rest meines Hörnchens in die Tasche und spürte im selben Augenblick eine harte Kopfnuss. Großmutter hatte meine Absicht erraten, zu dem großen Haus hinüberzulaufen. Wie war sie nur dahintergekommen?

«Bist du ruhig, du Balg?», schrie sie mit blutunterlaufenen Augen.

Sie spaßt nicht, dachte ich, sie erwürgt mich noch.

Mit einiger Anstrengung gelang es mir aufzuwachen. Ich war schweißgebadet und hatte keineswegs das Gefühl, der Gefahr entronnen zu sein.

Sie könnte immer noch hereinkommen und es tun, durchfuhr es mich, bis mir dämmerte, dass ich mich vor der hilflosen Alten fürchtete, die jetzt zwei Zimmer weiter schlief und die ohne fremde Hilfe nicht einmal eine Teetasse an die Lippen führen konnte. Ich war über die entfesselten Gefühle, die aus meinem Innern hervorbrachen, ganz erstaunt. Ich hatte keine Kopfnuss bekommen, es war nur ein Traum gewesen. Ich musste es laut aussprechen, um mir sicher zu sein. Allzu wirklich spürte ich die Angst, allzu deutlich sah ich noch das Bild von Großvater und den Soldaten.

Hätte man mich am Abend zuvor gefragt, woran ich mich aus der Zeit erinnerte, als ich vier war, hätte ich ohne zu zögern geantwortet: An nichts, ich war zu klein. Jetzt aber hörte ich sogar die Sirenen heulen, die damals die Ringstraße in solche Panik versetzt hatten. Ich hätte den Hauseingang wiedergefunden, unter dem wir Zuflucht gesucht hatten. In meinen Füßen spürte ich noch die Erinnerung an den kopflos-rasenden Heimweg. Nie hätte ich gedacht, all das noch in mir herumzutragen. Draußen war es noch dunkel, und ich fragte mich, wie spät es wohl sein mochte. Ich machte Licht und schaute auf die Uhr: Viertel nach drei.

Dann bin ich ja noch gar nicht vierundzwanzig, dachte ich erleichtert. Auch wenn heute der dritte Januar war, würde ich erst am Nachmittag gegen fünf Uhr vierundzwanzig Jahre alt sein. Der Traum hatte mich gar nicht an meinem Geburtstag heimgesucht. Ein schwacher Trost, aber es half, wieder einzuschlafen.

In der nächsten Sekunde stand ich zwischen meinen Eltern am Fenster unserer Wohnung. Es war ganz finster, nirgends brannte ein Licht. Vater zeigte mit ausgestrecktem Arm auf die seltsamen Blitze, die hier und da den Himmel erhellten.

«Stalinorgeln», murmelte er, «ganz schön nah ...»

«Schau mal da, Bandi.» Mutter griff nach seiner Hand. «Da unten, direkt vor unserem Tor.»

Soldaten hantierten dort mit einem seltsamen Gerät. Sie schoben es auf Rollen vor unseren Hauseingang, befreiten es von der Plane, mit der es bedeckt war, und machten sich aufgeregt daran zu schaffen.

«Das ist ein Granatwerfer», sagte Vater. In seinem Gesicht las ich die Befürchtung, es würde unser Ende bedeuten, wenn das Ding nicht schnellstens verschwände.

«Ich muss hinunter», entschied er und rannte los. Wir folgten ihm auf dem Fuß.

«Bandi, geh nicht», rief Mutter ihm nach. «Du bist nur der stellvertretende Luftschutzwart. Soll doch der Zubi gehen!»

Vater war schon ein Stockwerk tiefer und rief uns von dort zu: «Der Zubi bringt gerade einen Nierenstein zur Welt. Ich muss selbst gehen!»

Als wir im Haustor ankamen, redete er mit erhobenen Armen auf die Soldaten ein. Einige von ihnen hatten ihm ihre Gewehre auf die Brust gesetzt. Als er uns erblickte, wandte er sich mit einem Seufzer an Mutter: «Gut, dass du kommst. Sie verstehen nicht, was ich sage.»

Wir wurden von vielen Leuten umringt. Plötzlich löste sich Großvater aus der Menge und trat nach vorne. Es versetzte mir einen Stich, dass er mich nicht bemerkte.

«Hier», sagte er. «Ich habe Humboldt übersetzt, vielleicht komme ich auch mit denen da zurecht!»

Er reichte den Soldaten die Hand und stellte sich vor. Seine Hand nahmen sie nicht, ließen ihn aber dolmetschen.

«Die Russen nähern sich vom Hotel *Britannia* her», erklärte uns Großvater. «Es geht darum, dass sie sie hier aufhalten wollen …»

Vater brauste auf.

«Es geht darum, dass sie mit dem Ding da unser Haus kaputt schießen werden! Machen Sie ihnen klar, dass sie hier nicht bleiben können!»

Über unseren Köpfen ertönte eine laute, krächzende Stimme:

«Da hast du dir den Richtigen ausgesucht, du Unglücksrabe! Der stürzt uns alle ins Verderben, der alte Gottesleugner!»

Großmutter Irén schrie derart aufgeregt, dass sie schier aus dem Fenster fiel.

«Er hat uns schon die Briten auf den Hals gehetzt, als ich mit deinem Sohn spazieren ging!»

Vaters Gesicht wurde puterrot.

«Mutter, seien Sie doch still!», presste er zwischen den Zähnen hervor. «Wir haben hier ein echtes Problem.»

Großmutter lauerte weiterhin oben am Fenster, während sie gleichzeitig aus dem Haustor stürzte, einen der Soldaten an der Uniform packte und ihn mit einem Arm hochhob.

«Ik sprekke», schrie sie ihm ins Gesicht.

Die Beine des Soldaten baumelten in der Luft.

«Ik lebte in Münkhen! Und der da, der ist ein … ein Jude!»

Ein anderer Soldat ergriff den Riemen seines Helms, riss ihn sich vom Kopf und schmiss ihn Großvater ins Gesicht. Seine Brille fiel zu Boden, direkt vor meine Füße.

«Lass sie liegen», keifte Großmutter aus dem Fenster. «Du lässt sie liegen, sonst erwürge ich dich!»

Auch am Morgen nach dem missglückten Spaziergang zur Insel weckte mich das Geschrei meiner Großmutter.

«Sonst noch was! Ich lasse mich doch nicht zu deren Spießgesellen machen!»

Sie stürzte ins Zimmer. Mir schien es klüger, mich schlafend zu stellen. Sie riss wütend die Schranktür auf und begann sich zu meiner Verwunderung für den Kirchgang herzurichten. Es war gar nicht Sonntag, und die Andachten waren auch erst am Nachmittag …

Vater kam herein.

«Nun seien Sie doch nicht so, Mutter», sagte er mit verzagter Stimme. Großmutter ging mit heftigen Schritten auf und ab.

«Lass mich.» Sie schob Vater beiseite. «Wenn du schon nicht an deine Mutter denkst, dann könntest du wenigstens an das Leben deines Sohnes denken. Aber du hast offenbar die Seiten gewechselt!»

«Psst!» Vater deutete mit den Augen in die Richtung meines Gitterbetts. Großmutter schien es nicht zu interessieren, ob ich hörte, was sie sagte.

«Dafür wird dich der Herr Jesus bestrafen», drohte sie ihm mit dem Finger. «Er wird dich bestrafen, du wirst es sehen!»

Ich fragte mich, warum Vater überhaupt zu Hause war. Musste er denn nicht bei der MRG sein?

Großmutter setzte ihren Hut auf und wollte gehen.

«Versprich mir nur eines: dass du nichts unternimmst, bevor ich die Sache nicht mit meinem Beichtvater besprochen habe.»

Ich hätte beinahe losgelacht. Sie hatte Pfarrer Hévey noch nie ihren Beichtvater genannt. Sie hätte seine Mutter sein können.

«Vor Mittag komme ich nicht zurück», sagte sie unheilverkündend. «Ich habe nicht die geringste Lust, diese Person hier zu treffen …»

«Psst», machte Vater noch einmal, aber sie winkte verächtlich ab. Dann hörte ich nur noch, wie die Wohnungstür mit einem gewaltigen Krach ins Schloss fiel. Es klang wie Kanonendonner.

Etwas später kam meine andere Großmutter. Auch das war sehr ungewöhnlich. Sonst kamen sie und Großvater vielleicht einmal im Jahr hierher, allerdings nie an einem Werktag. Ich war noch im Schlafanzug, aber als ich ihre Stimme erkannte, rannte ich ihr barfuß entgegen und klammerte mich an sie.

«Spielen wir jetzt?», rief ich glücklich. «Was hast du in deiner Tasche?»

Ich hätte gern Stollen darin gefunden, wie ich ihn immer Sonntag nachmittags bekam, aber ich suchte vergeblich. Großmutter ließ mich sanft von ihrem Schoß gleiten, und als sie mir ein Küsschen gab, benetzte sie mit ihren Tränen auch meine Wangen.

Plötzlich fiel mir wieder das zerknüllte Papier ein, das die Hausmeistersfrau gestern heraufgebracht hatte, und mir wurde klar, dass es hier kein Kitzeln, kein Versteckespielen und auch sonst nichts dergleichen geben würde. Großmutter Margit kam mir auf einmal so klein vor, als wäre sie auf die Hälfte zusammengeschrumpft, seit ich sie das letzte Mal gesehen hatte. Sie weinte ohne Unterlass, sogar während sie sprach. Meine Eltern nahmen sie in ihre Mitte. Einerseits versuchten sie, sie zu beruhigen, andererseits warteten sie ungeduldig darauf, endlich zu erfahren, was eigentlich vorgefallen war. Ich hielt den Atem an. Sie sollten nicht merken, dass sie vergessen hatten, mich aus dem Zimmer zu schicken. Ich verkniff mir auch jeden Kommentar darüber, dass Großmutters Nase lief. Sie hatte offenbar kein Taschentuch und zog sie hoch, genau so, wie ich es nicht durfte.

«Sie haben mit ihren Gewehrkolben die Glastüren der Bücherschränke eingeschlagen», erzählte sie, «obwohl überall die Schlüssel steckten. Sie haben alle Bücher rausgeschmissen, alle. Sie haben Großvaters Schubladen geöffnet und den Inhalt ausgeleert. Sie haben alle seine Notizzettel durcheinandergeworfen, sein Wörterbuch, das er seit vierzig Jahren sammelt. Ihr wisst doch, was er immer gesagt hat: Wenn auch nichts sonst von mir bleibt, dann doch wenigstens mein Lexikon, das Dr. Fülöp'sche naturwissenschaftliche Wörterbuch in Latein-Deutsch-Ungarisch! Ich dachte schon, er geht auf sie los, als sie mit ihren Stiefeln auf den Zetteln herumtrampelten. Sie konnten es einfach nicht hinnehmen, dass er nichts versteckt hatte. Aber was hätte er auch verstecken sollen? Er war nie einer von der konspirativen Sorte gewesen. Ich habe ihn immer gewarnt, dass man seine laute Schimpferei auf die Pfeilkreuzler sicher noch am Széll-Kálmán-Platz hören könne. Kann man denn vor so einem Menschen Angst haben?»

Großmutter Margit musste bei diesem Gedanken fast lachen, aber dann überließ sie sich wieder ihren Tränen, und ihr merkwürdiges Weinen brach ungehemmt aus ihr hervor. Die Laute schienen gar nicht aus der Kehle eines Erwachsenen zu kommen.

Ich kannte viele Arten des Lachens von ihr, und etwas anderes schien in meiner Vorstellung gar nicht zu ihr zu passen. Wenn Großvater sie korrigierte, weil sie wieder Namen oder Datumsangaben durcheinandergebracht hatte, kicherte sie verschämt, aber doch in einer Art, als wäre sie stolz darauf, dass sie nun mal so war, wie sie war. Wenn man ihr Witze erzählte, die ich nicht hören durfte, lachte sie laut und herzhaft. Sie ließ sie sich immer aufs Neue wiederholen, bog sich auf ihrem Stuhl immer noch vor und zurück und hieb sich auf die Oberschenkel, wenn alle anderen sich schon längst wieder beruhigt hatten. Dann hatte sie noch ihr höfliches Lachen. Es war hauptsächlich vorbehalten für Telefonate, wenn es klar war, dass es eigentlich nichts zu lachen gab, der gute Ton aber gebot, das Gegenteil vorzutäuschen. Wieder ein anderes hatte sie parat, wenn sie mit Großmutter Irén sprach: Mit angestrengtem Gelächter wich sie jeder Möglichkeit eines Streits aus. Der verschmitzte Ausdruck ihrer Augen verriet mir, dass sie nur allzu gut wusste, wie sehr Großmutter Irén das ärgerte, die gerade jetzt sehr gern ein bisschen herumgebrüllt hätte. Schließlich hatte sie noch ein ganz besonderes Lachen, das sie nur für mich lachte. Es erklang immer nach dem sonntäglichen Bad, während sie mich ausgiebig kitzelte. Je mehr ich mich wand, um mich trat und flehte, sie solle doch aufhören, desto gründlicher walkte sie mich durch – und nichts anderes wünschte ich mir. Dabei gluckste sie leise, als wäre es sie selbst, die gekitzelt würde.

Jetzt sah ich sie zum ersten Mal in meinem Leben weinen, und je länger ich ihr zuhörte, umso vertrauter kamen mir die ungewöhnlichen Laute vor. Es erinnerte mich an mein eigenes Weinen, wenn mich das Gefühl übermannte, ich wäre der bösen Welt, verkörpert durch Großmutter Irén, auf Gedeih und Verderb schutzlos ausgeliefert. Manchmal weinte ich allein schon bei dem Gedanken daran, dass ich auf keinerlei Hilfe zählen konnte, wenn sie mich malträtierte.

Es war meiner Aufmerksamkeit entgangen, wann Mutter das Zimmer verlassen hatte. Aber nun sah ich, dass sie nicht da war, dabei wäre es doch ihre Aufgabe gewesen, sich um Großmutter Margit zu kümmern. Vaters unruhiger Blick blieb an mir hängen. Er gab mir mit den Augen ein Zeichen. Ich dachte, er wäre böse und wollte mich hinausschicken, aber er wies nur auf Großmutter. Ich verstand seine Absicht. Ich ging zu ihr hin und nistete mich in ihrem Schoß ein. Ich spürte nirgends einen Knochen, sie war mit ihren gut hundert Kilo weicher als jede Bettdecke. Ich fuhr zusammen, als sie plötzlich aufschluchzte.

«Zsiga hat zuletzt gesagt», setzte sie an, kam aber zunächst nicht weiter und putzte sich geräuschvoll die Nase. «Richtet Andriska aus, dass er ordentlich essen soll. Er könne noch viel schwerere Säcke stemmen.»

Vater drehte seinen Kopf verdächtig schnell zur Seite. Ich sprang auf und vergewisserte mich, dass nicht auch er angefangen hatte zu weinen.

«Wenn ich wenigstens wüsste, ob er am Leben ist», schluchzte Großmutter. «Dann würde ich schon mit allem fertig werden. Aber sag doch selbst, Bandi. Wird das ein zuckerkranker Mensch mit Arterienverkalkung und Herzproblemen, der schon die zweiundsechzig überschritten hat, überstehen können? Ich fühle, dass er es nicht kann!»

Die Tür ging auf, und Mutter kehrte zurück. Hinter ihr stand der Mieter von unter uns, ein glatzköpfiger Mann mit einem Vollmondgesicht. Ich kannte ihn aus dem Treppenhaus. Seine Frau, die ihn um einen Kopf überragte und gelbe Haare hatte, pflegte mich in der Regel in die Backe zu zwicken, wofür ich sie am liebsten gebissen hätte. Er aber zauberte für mich jedes Mal ein kleines Stück Schokolade aus dem Ärmel. Mit dem Finger auf den Lippen gab er mir zu verstehen, das wäre unser Geheimnis und ich solle ihn nicht verraten. Noch bevor ich darüber nachdenken konnte, was er hier suchte, ging er auf Großmutter zu und küsste ihr die Hand.

«Sie wissen nicht, wer ich bin, oder?», fragte er und trat einen Schritt zurück, damit sie ihn besser betrachten konnte. Großmutters Gesicht war noch tränenüberströmt, aber sie ordnete ihr Haar, richtete sich auf und sagte mit einem schüchternen Lächeln: «Sie waren wohl Schüler meines Mannes. Wo war das doch noch mal …?»

Der Kahlkopf barst schier vor Stolz, dass sie ihn erkannt hatte.

«In der Höheren Wirtschaftsschule in der Isabellastraße? Oder in der Vasstraße?», versuchte sich Großmutter zu erinnern.

«In beiden, küss die Hand!» Der Kahlkopf schlug die Hacken zusammen. «Ich heiße Karcsi Zloch, Károly Zloch und bin Rechtsanwalt und Notar. Was aber noch wichtiger ist: Ich bin Mitglied des Verwaltungsrats der ‹Lodenstoff AG›.»

Auf Großmutters verständnislosen Blick fügte er hinzu: «Das ist ein kriegswichtiger Betrieb. Der Rechtsberater eines solchen Betriebs kann heutzutage viel ausrichten …!»

Großmutter nickte, als wäre sie sich darüber vollkommen im Klaren, was das bedeutete. Doch unvermittelt verlor sie ihre eben angenommene Haltung und fiel wieder in sich zusammen.

«Zloch», murmelte sie vor sich hin. «Das ist doch ein

deutscher Name. Sie sind deutschstämmig, nicht wahr? Warum sollten Sie uns dann helfen?»

Meine Eltern wechselten einen erschrockenen Blick, und Mutter brach ungehalten los: «Mama», rief sie, «Karcsis Frau ist auch … na, du verstehst?»

«Jüdin», warf Zloch ein, «sprich es nur ruhig aus, liebe Ági. Die Familie meiner Frau hat mich als Ehrenjuden aufgenommen, macht euch also keine Sorgen. Aber auch davon abgesehen würde ich für meinen Professor Fülöp alles auf der Welt tun! Ich müsste allerdings wissen, was genau passiert ist.»

Großmutter begann wieder mit den Bücherschränken und der Zettelsammlung, doch Zloch unterbrach sie.

«Entschuldigen Sie, aber die Zettel sind im Moment nicht unser größtes Problem! Wir müssen herausfinden, ob ein Irrtum vorliegt. Vielleicht eine Namensverwechslung, eine falsche Adresse …»

«Von einer Verwechslung kann nicht die Rede sein», sagte Großmutter entrüstet, als hätte man sie in ihrer Ehre beleidigt. «Auf dem Papier stand schwarz auf weiß Zsigmond Fülöp, Ostromstraße 4, Professor, Schriftsteller, Übersetzer.»

«Gut», nickte Zloch, «dann würde ich gern wissen, welche Sprache sie gesprochen haben?»

«Was macht das schon für einen Unterschied?», fragte Mutter mit zitternder Stimme. «Wir wissen ja nicht einmal, was ihm vorgeworfen wird …»

«Das macht einen großen Unterschied», antwortete Zloch. «Möglicherweise liefert uns das den Hinweis, wo wir mit der Suche beginnen müssen. Also …?»

«Es gab einen Zivilisten», begann Großmutter Margit. Sie klappte ihren Daumen auf, um an den Fingern abzuzählen, wie viele Personen in der Wohnung gewesen waren. «Der hat ungarisch gesprochen, aber nur mit uns. Und es gab die Soldaten, mit denen sprach er deutsch, genauso wie diese untereinander ...»

Es trat eine Stille ein. Meine Eltern warteten stumm auf die Antwort des Juristen. Der wiegte besorgt den Kopf.

«Was bedeutet das, Karcsi?», wollte Mutter wissen.

«Das bedeutet leider», sagte Zloch, «dass die Sache ernster ist, als ich dachte. Aber wartet ab», setzte er eilig hinzu, bevor Mutter losheulen konnte. «Heute Abend wissen wir mehr.»

Wir mussten nicht bis zum Abend warten. Vater hatte seinen Smoking gebürstet und wollte gerade die Wohnung verlassen, als es klingelte. Zloch stand vor der Tür. Er legte seinen Finger auf die Lippen und gebot ihm, still zu sein.

«Geh nicht», sagte er zu Vater, der sichtlich besorgt war, dass er nicht nur bei der MRG, sondern auch noch bei seiner Band fehlen sollte. «Bleibe heute lieber bei Ági.»

In diesem Moment trat Mutter in den Flur.

«Es ist schlimm, nicht wahr? Sehr schlimm?»

«Ja, ziemlich», antwortete Zloch, «aber ich weiß, was ich versuchen werde. Tatsache ist, dass dein Vater von Péter Hains Leuten verhaftet worden ist. Er ist oben auf dem Schwabenberg, im Hotel *Majestic* ...»

Zloch machte eine Pause, um seine Worte wirken zu lassen. Doch meine Eltern starrten ihn nur an und begriffen nicht, warum er nicht weiterredete.

«Gott im Himmel, wisst ihr denn nicht, wer Péter Hain ist? Lest ihr denn keine Zeitung?»

Meine Eltern senkten verlegen die Köpfe.

«Schau, Karcsi», sagte Vater, «du weißt doch, dass wir manchmal sogar mit der Miete unsere Not haben ...»

Das *Majestic* war mir kein Begriff, aber den Schwabenberg zeigte mir Großmutter jedes Mal, wenn wir zur Insel gingen. Sie hatte mir oft erzählt, dass er damals, als sie nach Budapest zog, noch ganz unbebaut gewesen war. Es gab dort nur Bäume und Sträucher. Jetzt war es eine vornehme Gegend mit Villen und Hotels.

Es dauerte nur einen Moment, und ich hatte ein vollständiges Bild des gestrigen Tages vor Augen: Großvater hatte sicher genau in dem Augenblick aus dem Fenster dieses *Majestic* herausgeschaut, als ich mit Großmutter Irén Richtung Insel geschlendert war, um Fasane zu füttern und Salzhörnchen zu essen. Gewiss hatte er uns gesehen und sich gedacht: Dort unten geht mein Enkel spazieren und sieht nicht, dass ich ihm winke. Er kümmert sich überhaupt nicht um mich. Ich konnte ihm nicht sagen, dass ich mich freilich gekümmert hätte, wenn nicht die Bomben gekommen wären. Und nun hatten sie ihn verschleppt, und Zloch hatte noch nichts darüber gesagt, wann sie ihn wieder zurückbringen würden. Ein winselnder Laut entschlüpfte mir, aber niemand achtete auf mich.

Zloch wandte sich kopfschüttelnd an Mutter.

«Du hast mir nicht gesagt, dass der Herr Professor sich in die Politik eingemischt hat!»

Es klang wie ein Vorwurf, und Mutter schluchzte auf.

«Aber er hat sich in nichts eingemischt! Das müsste ich doch wissen ...»

«Und die regelmäßigen geheimen Zusammenkünfte?»,

fuhr Zloch fort. «Ich habe mich ganz schön blamiert, als ich mich so weit aus dem Fenster lehnte. Und am Ende sagen mir die von der Gestapo ins Gesicht, was Sache ist.»

Mutter putzte sich geräuschvoll die Nase. Man sah ihr an, dass sie sich zusammenriss. Sie war beleidigt.

«Verzeih, Karcsi, wir hätten dich nicht in unsere Familienangelegenheiten verwickeln sollen. Es wird nicht wieder vorkommen!»

Zlochs Augenbrauen wurden zu einem großen V, sein Mund zu einem zweiten, etwas kleineren, auf seiner Stirn erschienen winzige Schweißtropfen.

«Du hast mich falsch verstanden, Ágilein. Ich freue mich, wenn ich für den Herrn Professor etwas tun kann, aber du hättest offen mit mir reden sollen! Hätte ich es vorher gewusst, wäre ich ganz anders vorgegangen ...»

«Aber es gibt nichts zu wissen», schrie Mutter. «Es ist doch alles nur erlogen!»

Vater legte seinen Arm um ihre Schulter, um sie zu beruhigen.

«Moment, Liebling, es könnte doch sein, dass jemand die Mittwoche verpfiffen hat ...»

Sie schauten einander verblüfft an. Auf dem Gesicht meiner Mutter begann sich Bestürzung abzuzeichnen.

«Daran habe ich nicht gedacht», sagte sie leise. «Vaters ehemalige Schüler kommen seit zwanzig Jahren ...»

«Und mit ihnen all die anderen Leute», warf Vater dazwischen.

«Die wollten alle nur lernen», widersprach Mutter und wandte sich dann wieder an Zloch. «Es ging um Themen wie Religion, Naturwissenschaften, Medizin.»

«Und Astronomie», ergänzte Vater.

«Ja, darum auch, aber das tut doch nichts zur Sache. Seit einigen Jahren durfte Vater wieder unter seinem richtigen Namen in der *Népszava* schreiben. Es waren kleine Artikel, und wer mehr wissen wollte, kam zu ihm nach Hause …»

«Halt», rief Zloch aus. «Da haben wir es! Die *Népszava*!»

Meine Eltern starrten ihn an und verstanden offensichtlich nicht, worauf er hinauswollte.

«Wessen Organ ist denn die *Népszava*?», fragte Zloch. Er wartete vergeblich und gab die Antwort schließlich selbst. «Sie ist das Organ der Sozialdemokratischen Partei!»

Meinen Eltern ging immer noch kein Licht auf. Sie schauten voller Hoffnung auf den Anwalt. Der setzte seine Erklärung fort.

«Welche Partei wurde denn als erste verboten? Die Sozialde… Nein! Nein, ich kann nicht glauben, dass ihr das nicht wisst! Die Tochter des Herrn Professor! Und du, Bandi! Schließlich arbeitest du in einem Büro, abends machst du Musik in öffentlichen Lokalen. Hast du nie eine Zeitung aufgeschlagen? Wo lebt ihr denn? Ihr seid doch erwachsene Menschen.»

Meine Eltern machten verzweifelte Gesichter und taten so, als wäre ihnen alles sehr peinlich. Doch sie konnten Zloch nicht täuschen. Er winkte ärgerlich ab.

«Schon gut. Hauptsache, ich beginne zu begreifen, um was es hier geht. Ich werde sehen, ob ich etwas tun kann.»

Nachdem er fort war, nahm Vater Mutters Kinn, hob es an und drehte ihr Gesicht zu sich.

«Hast du wirklich von nichts gewusst?»

Mutter schluchzte auf.

«Von Vaters Angelegenheiten weiß ich genauso viel wie du! Was meinst du, wird ihn Karcsi rausholen können?»

Vater zog sie an sich, schob sie aber plötzlich wieder weg und sagte: «Wenn du mein einziges Hemd vollheulst, dann werde ich heute nicht spielen können!»

Mutter schaute ihn schmollend an, weil er so wenig Rücksicht auf ihre Verfassung nahm. Doch bevor sie etwas sagen konnte, ertönte aus dem Nebenzimmer Großmutters Stimme.

«Du müsstest schon längst weg sein. Haben wir wegen denen nicht schon genug Ärger am Hals? Willst du auch noch aus deiner Band fliegen?»

Vater tat, als verstünde er nicht, worauf sie anspielte.

«Ich werde so oder so ein Taxi nehmen müssen», sagte er mit einem Blick auf die Uhr, «aber wenn Sie jetzt auch noch anfangen, Mütterchen ...»

Das ‹Mütterchen› hatte immer eine beschwichtigende Wirkung, doch diesmal überhörte es Großmutter.

«Was soll das heißen? Womit soll ich denn anfangen? Ich habe dich gewarnt, ich habe dir von Anfang an gesagt, dass diese Ehe ...»

«Mutter!» Vaters Stimme schwoll an, «Hören Sie auf, ich bitte Sie, solange ich noch meine Fassung bewahre!»

Doch das Beben seiner Stimme verriet, dass er seine Fassung schon längst verloren hatte. Großmutters entschlossenes Gesicht brachte ihn noch mehr in Rage.

«Bemühen Sie sich doch um ein bisschen Mitgefühl, die Familie ist in Schwierigkeiten!»

«Deine Familie bin ich! Ich und dein Sohn! Und nicht diese ...»

Die Adern in Vaters Gesicht und an seinem Hals traten hervor und wurden rot. Er ballte die Hand zur Faust. Das konnte Großmutter nicht entgangen sein, trotzdem sprach sie weiter.

«Die haben unseren Herrn Jesus ans Kreuz geschlagen, die sind schuld an den Bombenangriffen, die werden auch uns töten!»

«Genug, Mutter, genug!» In der Stimme meines Vaters schwang ein fürchterlicher Zorn, in seinen Augen blitzten merkwürdige Flammen. Er bot einen unheimlichen Anblick, und ich fürchtete mich vor ihm. Nicht so seine Mutter.

«Ich habe dir gesagt, dass du keine Jüdin heiraten sollst, weil …»

Als Vater losbrüllte, wackelten die Wände, und ein Weltuntergang kündigte sich an.

«Können Sie denn nie den Mund halten!» Mit einem Satz war er neben Großmutter.

«Mörder», kreischte sie. «Du wagst es, die Hand gegen deine Mutter zu erheben?!»

Vater legte seine Hand auf ihren Mund.

«Schweigen Sie, um Gottes willen, schweigen Sie endlich!»

«Bandi, tu das nicht», rief Mutter, «mir zuliebe nicht …!»

Vater zog seine Hand so langsam zurück, als wäre sie schwer wie Blei. Ich sah in seinem Gesicht die Überraschung über das, was er getan hatte. Aber noch ließ die Spannung in seinem Körper nicht nach, und verkrampft erwartete er die nächste Attacke.

Die Kinnlade meiner Großmutter verhieß auch nichts Gutes. Nachdem Vater sie losgelassen hatte, schob sie sie noch weiter nach vorne als gewöhnlich, so als würde sie sich für das Stillstellen mit einem Biss rächen wollen. Der Blick, den Großmutter zuerst auf Vater, dann auf Mutter warf, ließ mich frösteln.

Ich blickte voller Mitleid auf meine Eltern. Sie schienen nicht zu wissen, wie stark Großmutter war. Sie war in der Lage, uns alle zu töten, wenn ich nicht achtgab. Also umklammerte ich fest Mutters Beine, damit derjenige, der ihr etwas antun wollte, auch mich mitschleifen musste. Meine Augen fielen zu, und mir kam es so vor, als hätten sich auch meine Ohren eingeklappt. Ich hörte ein dumpfes, metallenes, anschwellendes Summen und wusste nicht, was mit mir geschah. Der Flur begann sich zu drehen, und hätte ich keinen Halt gehabt, wäre ich hingefallen. Dann vernahm ich wieder Großmutters Stimme. Ich hätte nicht sagen können, wie sie dorthin gekommen war, aber sie stand bereits in der Tür ihres Zimmers und schrie: «Du hast bei den Wunden des Heilands geschworen, dass du dich nie gegen deine Mutter wenden würdest! Du hast es geschworen, Bandi! Der liebe Gott wird dich bestrafen!»

Sie stach mit Zeige- und Mittelfinger immer wieder Richtung Decke und schaute so entsetzt nach oben, als hätte sie selbst Angst vor dem, was sie dort sah. Sie schlug die Tür zu, aber diesmal erschrak ich nicht. Der Putz bröckelte von der Wand, und das altbekannte Geräusch bedeutete eine Erleichterung angesichts dessen, dass nach Großmutters Beschwörungen auch Feuerzungen aus der Decke hätten speien können.

Wegen solcher Szenen fing ich an, ein wenig an die Existenz dieses Wesens zu glauben, zu dem sie immer betete. Wenn es ihn gab, musste er ihr helfen, sie tat doch schließlich alles, um ihm zu gefallen.

Ich erfuhr erst nach Vaters Tod, auf welchen Eid sich Großmutter berief (nicht etwa nur damals, sondern auch später noch, immer dann, wenn sie bei Vater auf Widerstand stieß) und warum mein Vater immer klein beigab, als hätte er dem nichts entgegenzusetzen. Er konnte derart gebieterisch darüber schweigen, dass man es nicht wagte, in ihn zu dringen. Er war offensichtlich beschämt, wurde ärgerlich und verlegen.

Als er im Januar 1972 starb, lebten wir bereits in einer anderen Wohnung. Hier hatte er zum ersten Mal in seinem Leben, leider nur drei Jahre lang, eine eigene Werkstatt gehabt, sein kleines Heiligtum. Dorthin konnte er sich zurückziehen, wenn er ungestört arbeiten wollte.

Es vergingen viele Wochen, bevor Mutter und ich endlich die Kraft hatten, hineinzugehen und einen Aufräumversuch zu wagen. Beim Betreten dieses Zimmers überkam mich ein sonderbares Gefühl. Solange Vater gelebt hatte, wäre es mir nie in den Sinn gekommen, mich hier umzusehen. Auf eine besondere Art war dieser offiziell als halbes Zimmer ausgewiesene Raum sehr schön: Schraubstöcke, große und kleine Drehbänke, eine Bohrmaschine, eine Schleifmaschine und elektrische Apparate, deren Zweck mir unbekannt war, standen auf Tischchen und Ständern. An der Wand hingen Werkzeuge an Haken: Kneif- und Kombinationszangen in allen Größen, mit isoliertem Griff und ohne, Meißel, Schraubenzieher, Feilen für Holz und für Metall, Hämmer, Handbohrer und Sägeblätter. All dies war in bequemer Griffhöhe angebracht. Wenn Vater mit seinem Stuhl an der Wand entlangrollte, konnte er blind nach dem richtigen Werkzeug greifen. Seine ganze Sammlung strahlte etwas Verspieltes aus: Neben einem Werkzeug mit rotem Griff hing eines mit blauem, ein gelbes war zwischen zwei grünen angebracht. Auch unter den Döschen und Schächtelchen herrschte wunderbare Ordnung. Auf allen klebte ein Etikett, auf dem in kalligrafischer Schönschrift der Inhalt vermerkt war: Nägel, Schrauben, Muttern, Unterlagen, Keile, Dübel, Dichtungen, Schraubenaufsätze und Sicherungen. An den Wänden waren selbst gebastelte Regale montiert. Auf ihnen standen grüne, braune und weiße Gläser mit Lösungsmitteln, Klebstoffen, Ölen, Wundbenzin und vielerlei Chemikalien. An der Wand waren rote, grüne und gelbe Gummischläuche befestigt. Sie wanden sich um die Regale, als wollten sie die Bretter umarmen. Er hatte auch den Krimskrams sortiert, den er unter dem Motto ‹Dafür werde ich irgendwann noch Verwendung haben!› gesammelt hatte: Dinge aus Holz in der einen, Sachen aus Metall in einer anderen Lade.

Ich war so aufgewühlt, dass ich die Werkstatt gerade wieder verlassen wollte, als ich in einem versteckten Winkel eine Pappschachtel entdeckte. Auf einer Seite prangte die Reklameaufschrift: Dr. Noseda Baby Cream Soap. Auf der anderen war ein Husar abgebildet, der auf einem steigenden Rappen saß und sich nach hinten drehte. Er hatte eine Trompete in der Hand und blies Alarm. Man sah Schweine und Gänse auseinanderstieben. Darüber stand in verschnörkelter Schrift: Made in Hungary.

«So einen Karton bekommt nicht jeder», hatte Großmutter gesagt, als ich ihr einst die Schachtel abzuluchsen versucht hatte. «Dr. Noseda gibt ihn nur seinen besten und ältesten Kunden!»

Mutter beobachtete, wie ich mit der Pappschachtel in der Hand dastand. Sie war unbemerkt neben mich getreten und verblüffte mich mit der Frage:

«Möchtest du sie haben? Du kannst sie behalten ...»

Ich winkte ab. Als Kind hätte ich sie gern für meine Spielsachen gehabt, jetzt hatte ich für so etwas keine Verwendung mehr. Ich gab mir einen Ruck und nahm den Deckel ab. Ganz oben lag das mächtige Kruzifix, das in Großmutters Zimmer an der Wand gehangen hatte.

«Weißt du, was das ist?», fragte Mutter mit rauer Stimme. «Das ist dieses gewisse Ding, worauf sie deinen Vater hatte den Eid schwören lassen!»

Ganz so, als würde sie eine längst begonnene Erzählung fortsetzen, fing sie an, über all die Dinge zu sprechen, die sie auch erst kurz vor ihrer Heirat erfahren hatte, als sie aus Gibraltar nach Hause gekommen waren. Vater musste ihr schließlich irgendwie erklären, warum sie als frisch vermähltes Paar keine eigene Wohnung beziehen würden, sondern mit seiner Mutter unter einem Dach leben mussten.

«Er war fünf Jahre alt, als sie ihn schwören ließ, sie nie alleinzulassen. Vaters Auslandsengagements waren natürlich eine Ausnahme, denn zum größten Teil lebten sie ja von dem Geld, das er dabei verdiente. Eine Absage, und man wurde nicht mehr engagiert, das war auch ihr klar. An den Eid erinnerte sie ihn immer nur, wenn sie befürchtete, es wäre eine Frau im Spiel. Dann hatte sie Angst, er würde sie verlassen, und drohte ihm, er solle es nur versuchen, sie würde ihn verfluchen. Er wusste, wie dumm das alles war, aber in Wahrheit fürchtete er sich sehr vor ihr.»

Während Mutter mir das erzählte, hatte sie plötzlich das Gefühl, ihn verteidigen zu müssen. Sie führte alles an, um mir die Situation verständlicher zu machen. Sie sprach zu mir wie zu jemandem, der Großmutter nicht gekannt hatte, dabei wusste ich nur zu gut, wie sehr man sich vor ihr fürchten konnte.

«Weißt du, dein Vater ist ohne Vater aufgewachsen, deine Großmutter musste ganz allein für ihn sorgen. Sie konnte auf niemanden zählen. Von ihrer Familie war sie verstoßen worden, und als sie nach Budapest geflohen war, wagte sie nicht, ihnen zu schreiben, dass sie geheiratet hatte und drei Monate nach der Geburt ihres Kindes von ihrem Mann verlassen worden war. Und doch ist alles genau so passiert. Ágoston Nyerges war gar nicht dein leiblicher Großvater. Nachdem er deine Großmutter geheiratet hatte, ging er für drei Jahre nach Nürnberg, um sich als Drucker ausbilden zu lassen. Er kam in dieser Zeit kein einziges Mal nach Hause. Als er nach seiner Meisterprüfung nach Budapest zurückkehrte, war deine Großmutter im achten Monat schwanger. Es gereicht dem alten Nyerges zur Ehre, dass er die Geburt deines Vaters abgewartet hat, ihm seinen Namen gab und dann erst die Scheidung einreichte. Die standesamtliche, wohlgemerkt, denn kirchlich wurden sie nie geschieden. Deine Großmutter stellte die Sache immer so hin, als wäre sie die Betrogene gewesen. Ihr Sohn musste ihr auch schwören, dass er sich nie nach seinem leiblichen Vater erkundigen würde. Sollte ihn je ein Fremder auf der Straße ansprechen, so ein Großer mit Schnurrbart und rundem Schädel, und behaupten, er sei sein Vater, solle er um keinen Preis antworten, sondern davonlaufen, so schnell er nur könne. Denn das sei ein böser Mensch, der ihm und seiner Mutter nur Schlechtes wolle. Und wenn es ein dünner, rothaariger Mann mit Brille wäre, dann solle er dasselbe tun, auch der sei ein schlechter Mensch!

Eines Nachmittags verdunkelte Großmutter die Wohnung, die sie damals mit deinem Vater in der Ilkastraße bewohnte. Dort haben sie vergleichsweise lange gewohnt. In dieser Zeit sind sie oft umgezogen, weil sie ihre Miete nie pünktlich zahlen konnten. Hier aber gab es einen Hausherrn, dem deine Großmutter imponierte. ‹Was für ein fesches Weib, was für ein fleißiges, was für ein kräftiges, fesches Weib!›, pflegte er zu sagen. Er sah darüber hinweg, dass sie mit der Miete in Verzug war. Ich glaube, deine Großmutter wäre gern seine Frau geworden, aber er hat ihr nie einen Antrag gemacht. Umso öfter hat sie darüber gesprochen, wen sie alles hätte heiraten können, wenn sie nur gewollt hätte.

An diesem Tag also zog sie alle Vorhänge zu und entzündete eine dicke, geweihte Kerze. Noch nach dreißig Jahren konnte dein Vater nur mit Schrecken darüber sprechen, wie die Schatten an den Wänden getanzt und wie furchterregend die Kerze geknistert hatte. Er musste sich vor das Kruzifix knien. Großmutter ergriff sein Handgelenk und presste seine weichen Kinderfinger fest auf das Kreuz. Sie ließ ihn bei den heiligen Wunden Jesu schwören, seine

Mutter nie zu verlassen und sich nie gegen sie zu wenden, so wahr ihm Gott helfe. Sollte er seinen Eid aber jemals brechen, dann würde er in die Hölle stürzen und zwischen hufigen Teufeln mit riesigen Hörnern landen, die mit glühenden Heugabeln in der Hand umhersprangen. Mitten in dieser Schwefelhölle würde ein riesiger Kessel stehen, an dem von unten die Flammen leckten. Darin würden wortbrüchige Kinder geschmort.»

«Ist es also verwunderlich», fragte Mutter, «dass dein Vater selbst mit dreißig nicht vergessen konnte, wie sehr er sich als Fünfjähriger gefürchtet hatte? Sooft deine Großmutter die Rede auf den Eid brachte – und das tat sie oft –, sah ich dem Armen an, dass er sich zugleich fürchtete und schämte. Er war nicht fähig, diese Posse mit klarem Verstand zu durchschauen, sosehr er sich auch bemühte. Gesprächen über dieses Thema versuchte er so lange wie möglich auszuweichen. Als er damals in Gibraltar um meine Hand anhielt und wir Zukunftspläne schmiedeten, schwieg er sich über seine Mutter beharrlich aus. Er glaubte offensichtlich, alles würde schon irgendwie glattgehen: Wir würden im Ausland heiraten, kämen als Ehepaar nach Hause, und niemand würde sich in unsere Angelegenheiten einmischen. Aber es kam alles anders. Wir hätten es uns denken können.

In Gibraltar durften ausländische Angestellte nicht einmal miteinander sprechen, geschweige denn einander heiraten. Vater war mit seiner Band schon seit einem halben Jahr im *La Paloma* engagiert, als der Besitzer auf die Idee kam, das Programm des ungarischen Orchesters mit ein paar ungarischen Tänzern aufzupeppen. So kam ich nach Gibraltar. Es war Liebe auf den ersten Blick. Aber wir durften ja nicht miteinander sprechen. Irgendwie erfuhren wir dann, dass unten im Waschraum eine lose Kachel an der Wand als Briefkasten für geheime Botschaften aller Art diente.

Damals war ich noch dumm genug, zu glauben, der einzige Haken an der Sache wäre, dass wir unsere Eltern mit der Nachricht unserer Eheschließung vor vollendete Tatsachen stellen und sie damit verletzen würden. Mir machte das ziemlich zu schaffen, denn meine Eltern hatten mir noch nie Anlass gegeben, ihnen zu misstrauen. So weit, so gut. Wir hätten vielleicht einmal auf die Idee kommen sollen, Zeitung zu lesen oder Radio zu hören. Aber wir waren nur mit uns selbst beschäftigt, und Gibraltar war einfach wundervoll, weißt du. Es war wie eine kalte Dusche, als uns die Realität einholte. In der Welt brodelte es, und die Briten machten – es war ein halbes Jahr vor Kriegsausbruch – keine Umstände mit Ausländern, die dort heiraten wollten. Sie verwiesen sie kurzerhand des Landes, denn die frisch Vermählten hätten sonst automatisch die britische Staatsbürgerschaft annehmen dürfen. Viele Leute hatten natürlich genau diese Absicht. So blieb uns nichts anderes übrig, als nach Ungarn zurückzukehren. Wir hatten eine märchenhafte Schiffsreise, noch auf See schmiedeten wir Pläne über Pläne. Dich haben wir uns auch damals ausgedacht.

Zu Hause stellte sich schnell heraus, dass unsere Heiratspläne außer den bisherigen Sorgen noch viel mächtigere Feinde hatten. Deine Großmutter wollte deinen Vater verstoßen. Sie verfluchte ihn, verfluchte auch mich und stellte am Ende die Bedingung, dass wir mit ihr zusammen wohnen mussten. Auch später sollten wir nie in eine eigene Wohnung ziehen dürfen. Ich verstand nicht, warum dein Vater ihr in allem nachgab, bis er sich schließlich dazu durchrang, mir von dem Eid und allen anderen Dingen zu erzählen.

Deine Großmutter verlangte, dass du nach deiner Geburt in der Religion deines Vaters getauft und erzogen werden solltest. Auch darauf gingen wir ein, aber sie stellte immer neue Bedingungen, von denen vorher nicht die Rede gewesen war. Sie wollte diese Ehe um jeden Preis verhindern. Zumindest dachte ich damals, es ginge ihr nur darum. Heute glaube ich, dass sie einfach Angst hatte um ihren Sohn, wenn auch auf eine idiotische Art. Aber die Zeiten waren damals so: einfach idiotisch.»

Ich war überrascht über die milden Worte aus dem Mund meiner Mutter. Aber dann sah ich sie wieder vor mir, wie sie sich als Einzige um Großmutter Irén gekümmert hatte, als diese in den sechziger Jahren mit über achtzig zum Pflegefall wurde. Sie war vollkommen hilflos und konnte nicht einmal aufstehen, um auf die Toilette zu gehen. Sie musste im Bett gewaschen und abgetrocknet werden. Ihr Zimmer war von morgens bis abends von einem unerträglichen Gestank erfüllt. Es half nichts, dass man ihr saubere Sachen anzog, das Bett frisch machte und in ihrem Zimmer doppelt so häufig putzte wie in der restlichen Wohnung. Der Geruch nach abgestandenem Urin, saurem Schweiß und vermutlich vergammeltem Parfüm, das sie verschüttet hatte, war tief in Teppiche, Möbelbezüge und Gardinen eingezogen. Außer Mutter hatte sich nie jemand überwinden können, dieses Zimmer zu betreten. Sie brachte ihr das Essen auf einem Tablett und nahm die Reste wieder mit. Sie versorgte sie, achtete darauf, dass sie ihre Medikamente nahm, und wartete stundenlang auf den Arzt, um seine Anweisungen entgegenzunehmen. Zu Ostern und zu Weihnachten kaufte sie Grußkarten nach Großmutters Geschmack, damit diese nach Belieben ihre Kontakte pflegen konnte. Ich half ihr aus Prinzip nicht, mir fehlte sogar jedes Verständnis dafür, warum sie das alles tat. War es am Ende eine Art edler Rache für das, was Großmutter ihr angetan hatte? Wollte sie immer noch mit allen Mitteln beweisen, wie unnötig seinerzeit Großmutters Kampf gegen die Eheschließung gewesen war und wie jämmerlich alles, was später noch folgte?

Hin und wieder drang so etwas wie Dankbarkeit aus Großmutters Zimmer.

«Meine liebe Ági», sagte sie, «du bist eine Heilige.» Ich hätte gerne Mutters Gesicht gesehen, ob ihr die Genugtuung anzumerken war.

Großmutter neigte nicht zu Dankbarkeit. Sie betrachtete das Gute, das ihr widerfuhr, als etwas, das ihr zustand. Bei Mutter bedankte sie sich jedoch geradezu unterwürfig für die Pflege und Fürsorge. Mir tat der Gedanke gut, dass sie sich möglicherweise schämte und ihr Verhalten während des Krieges bereute. Ganz klar wurde das aber nie, weil sie plötzlich an Altersdemenz litt. Sie konnte in ihren letzten Lebenswochen nur noch zusammenhangslos sprechen. Mit ungläubigen Blicken verfolgte sie Mutters Bewegungen, und man sah ihr an, dass sie nicht begriff, warum Mutter all die ihr zugefügten Kränkungen auf diese Weise vergalt.

Ich hatte für Mutter nur Verachtung übrig und beobachtete ihr Tun befremdet und verständnislos. Sie konnte ziemlich kalt und hart sein, warum musste sie also ausgerechnet Großmutter so freundlich behandeln? Ich kam immer zu demselben Schluss: Es war ihre Art, die alten Rechnungen zu begleichen. Jedes Zurechtrücken des Kissens, jedes Aufstützen im Bett, damit Großmutter trinken konnte, war eine Ohrfeige für das Erlittene.

Nun stand durch Mutters Satz alles in einem anderen Licht da. Erst in dem Augenblick, als sie davon sprach, dass Großmutter Irén vielleicht einfach nur Angst hatte um ihren Sohn, dämmerte mir, dass der Grund für all das, was wir durchlebt hatten, in der Liebe zu suchen war und nicht nur in Großmutters Hass auf Mutter.

Mutter sprach über diese Dinge, als wäre ich 1944 noch gar nicht auf der Welt gewesen und könnte gar nichts wissen von diesen idiotischen Zeiten. Und doch hatte auch ich meine Erinnerungen, die nach solchen Gesprächen zu neuem Leben erwachten.

Auf einmal sah ich wieder die Bilder vor mir, als es Dr. Zloch nach zwölf Tagen gelungen war, Großvaters Freilassung aus dem Hotel *Majestic* zu erwirken. Er brachte ihn zunächst ins Krankenhaus und kam dann zu uns herauf, um Bericht zu erstatten. Ich ging selbstredend davon aus, dass ich Großvater mit meinen Eltern zusammen im Krankenhaus besuchen würde. In die Ostromstraße gingen wir schließlich auch immer alle gemeinsam. Aber Dr. Zloch nahm Mutter beiseite und redete im Flüsterton auf sie ein. Daraufhin begann Mutter mit Vater zu tuscheln. Schließlich zog mich Vater zwischen die Knie, und mir wurde klar, dass es hier um etwas sehr Ernstes ging. Er legte seine große, weiche und warme Hand in meinen Nacken. Ich versuchte die Liebkosung so intensiv wie möglich auszukosten und schaute ihn glücklich an. Er pflegte mich immer dann so zu streicheln, wenn er mich für etwas loben wollte. Doch diesmal wiegte er nur bedächtig den Kopf. Er seufzte tief und sagte dann, dass sie mich nicht mitnehmen könnten. Ich sah ihn mit einem entgeisterten Blick an, doch er reagierte nicht mit seinem üblichen Lachen, sondern guckte nur trübselig.

«Ich weiß, du würdest Großvater gern sehen, aber er selbst hat uns gebeten, dich nicht zu ihm zu bringen. Er ist sehr, sehr krank, hat Schläuche an den Armen und darf nicht aufstehen. Er kann kaum sprechen und ist schrecklich mager geworden. Du würdest dich vor ihm fürchten.»

«Ich würde mich aber nicht fürchten!», protestierte ich erbost. «Großvater war immer schon dünn. Es stimmt nicht, dass ihr mich deswegen nicht mitnehmen wollt! Aber ich weiß, warum er mich nicht sehen will: Er will mich nicht mehr haben! Er braucht keinen Enkel, der …»

Der Rest ging in meinem Gebrüll unter. Mir war plötzlich klar geworden, dass Großvater herausgefunden haben musste, wie vergnügt ich mit Großmutter Irén spazieren gegangen war, während ihn die Deutschen gefoltert hatten. Ich hatte nichts anderes im Sinn gehabt als mein Salzhörnchen und das Toben auf der Margareteninsel. An ihn hatte ich keinen einzigen Gedanken verschwendet. Der tiefere Grund für meine Tränen war aber, dass ich an Großvaters Stelle ein solches Kind auch nicht hätte sehen wollen. Es war schrecklich, einsehen zu müssen, dass ich nicht das Recht hatte, mich selbst zu bemitleiden. Ich war an allem selbst schuld. Ich sprach nicht aus, wie unnütz ich mir vorkam, aber ich weinte so sehr, dass alle Beruhigungsversuche nichts fruchteten.

«Hysterie», sagte Dr. Zloch. «Wir müssen jetzt gehen. Er wird sich beruhigen oder in den Schlaf weinen.»

Sie machten sich auf den Weg.

Großmutter Irén schaute hin und wieder zur Tür herein. Sie hatte durch die dünne Wand sicher jedes Wort deutlich gehört. Zufrieden stellte sie nun fest, dass ich mir den Rotz und die Tränen im Gesicht verschmierte, dass meine Augen rot waren und meine Stimme heiser.

«Geh raus, lass mich in Ruhe», schrie ich, sobald ich sie erblickte. Sie reagierte auf meine Ungezogenheit anders, als sie es zu jeder anderen Zeit getan hätte: Sie drohte mir nicht und gab mir auch keine Ohrfeige, sie sprach kein Stoßgebet, dass mir die Frechheit vergeben werden möge, sonst kenne sie sich nicht mehr, sondern ging in die Hocke und breitete lächelnd die Arme aus.

«Ist das gemein, dich einfach dazulassen! Komm her, komm zu mir, komm zu Oma.»

In diesem Jahr bekam ich am Nikolaustag keine Rute, und auch an Weihnachten benahm sich Großmutter Irén anders als sonst. Weder Großvater Zsiga, obwohl zu dieser Zeit bereits aus dem Krankenhaus entlassen, noch Großmutter Margit waren bei uns, und Großmutter Irén genoss offensichtlich ihre unangefochtene Stellung. Niemand wollte mir sagen, wo meine Großeltern Fülöp waren. Nur hier und da erhaschte ich ein Wort, wenn sie darüber diskutierten, ob man mich in diese Sache einweihen könne. Großmutter Irén entschied die Frage.

«Das fehlte noch», rief sie, «neulich schon hat das Kind den Metzger Mihala gefragt, ob es wahr sei, dass er Pfeilkreuzler sei. Ein Glück, dass der Mihala so ein guter Mensch ist! Ich sehe ihn ja immer beim Hochamt und bei der Prozession. Er hat es einfach überhört. Aber wenn der Junge jetzt ausplaudert, dass meine teuren Schwiegerleute im …»

Vater schnitt ihr das Wort ab und brüllte, dass sie nicht wagen solle, es auszusprechen. Dann wandte er sich an Mutter: «Sie hat recht. Besser, der Junge weiß von nichts.»

Damit war die Diskussion beendet.

Nach Weihnachten dachte niemand mehr daran, sich mit der Sache zu befassen. Wir mussten in den Luftschutzkeller ziehen. Die Gefechte kamen immer näher, alle redeten von Straßenkämpfen und von einem Ring, der sich langsam um die Stadt schloss. Es war eine aufregende Zeit. Ich erfuhr, dass der Zahntechniker Zubrovits, unser direkter Nachbar, unser Luftschutzwart war und Vater sein Stellvertreter. Sie beide leiteten den Umzug in den Keller. Die Erwachsenen waren schlecht gelaunt, weil sie auf Matratzen schlafen mussten und alles so beengt war. Uns Kindern hingegen ging es umso besser. Man musste nicht um Erlaubnis betteln, wenn man mit einem Kind aus einem anderen Stockwerk spielen wollte, musste nicht erst klingeln und mit den Eltern verhandeln. Hier waren alle auf einem Haufen. Die Erwachsenen waren froh, wenn wir uns selbst beschäftigten und sie nicht behelligten. Von irgendwoher tauchte ein Rucksack auf, randvoll mit Militärorden. Goldene, silberne und bronzene Kreuze und Kränze an schönen, bunten Seidendreiecken, gekreuzte Schwerter an Bändern. Weil es nicht genug ältere Kinder gab, durften auch wir jüngeren immer mitspielen. Von den Großen lernten wir salutieren und marschieren. Wir bildeten Mannschaften und verliehen uns am Ende unserer kriegerischen Auseinandersetzungen gegenseitig die Orden.

Hin und wieder mussten wir leise sein, weil die Erwachsenen Radio hören wollten. Jemand presste sein Ohr fest an den Apparat und versuchte, etwas von der Sendung zu erhaschen. Echten Ärger gab es nur, wenn sich einer von uns der Tür näherte, durch die man in den Haushof gelangen konnte. Dafür setzte es sogar Schläge, was ungerecht war. Schließlich gingen die Erwachsenen auch manchmal hinaus, wenn auch nur die Männer.

Der Luftschutzwart Zubrovits, Vater als sein Stellvertreter und natürlich Dr. Zloch gründeten im Haus die sogenannte KISKA-Gruppe*. Sie besorgten sich Armbinden, auf die die Frauen diese sieben Buchstaben stickten. Als wir Kinder wissen wollten, warum sie sich nicht GROSSKA nannten, wurden sie böse. Sie beschafften sich Helme in hellgrüner Farbe. Vorne prangten silberne Knöpfe, von den ungarischen Nationalfarben umrandet. Sie hatten auch Gürtel mit echten ledernen Pistolentaschen daran, allerdings ohne Waffen. Tag für Tag durchstreiften sie unser Viertel und machten Jagd auf Lebensmittel. Bei ihrer Rückkehr fragte Mutter nie, was sie denn mitgebracht hätten, sondern ob

---

* Abkürzung für Kisegitö Karhatalom = Hilfssicherheitsbehörde; «kis» ist das ungarische Wort für «klein». (Anm. d. Übers.)

Vater da unbedingt mitmachen müsse. Er solle ihr doch bitte schön sagen, was zum Teufel sie tun wollten, wenn sie einmal in eine Kontrolle der Pfeilkreuzler gerieten.

Vater lachte nur.

«Heute haben wir sie gesehen. Wir haben aus der Ferne salutiert. Es scheint, sie haben nichts gegen die KISKA einzuwenden. Vielleicht denken sie, dass wir auch zu ihnen gehören. Und die Hauptsache ist doch, dass wir etwas zu essen mitgebracht haben!»

«Aber wie lange wird das noch gut gehen», beharrte Mutter. «Du weißt, was passiert, wenn sie euch auf die Schliche kommen. Die machen euch an Ort und Stelle den Garaus. Die schauen nicht erst lange, wer wer ist.»

«Immer mit der Ruhe, Liebling. ‹Nicht in Hose machen›, wie der Deutsche sagt. Dazu haben wir immer noch Gelegenheit, wenn wir nichts mehr zu essen haben.»

Er lachte. Diese Gefahr schien den Hausbewohnern vorläufig nicht zu drohen. Mal brachten die drei einen Sack Maismehl mit, mal Kartoffeln, mal getrocknete gelbe Erbsen. Ihre Gesichter strahlten vor Stolz. Sooft sie verkündeten, was sie diesmal ‹hergefickt› hatten, hob ein ganzer Zischchor an, und alle wiesen in unsere Richtung: «Nichtvordemkind, nichtvordemkind!»

Solange es Strom gab, wurden die Mahlzeiten auf Elektroplatten zubereitet. Später kamen Spirituskocher zum Einsatz. Der große Raum hatte keine Trennwände, sodass jeder am Geruch erkennen konnte, was der Nachbar gekocht hatte. Als Beleuchtung dienten Petroleumlampen, später gab es nur noch kleine Funzeln, aber das störte auch niemanden. Es wurden große Kartenturniere und Schachmeisterschaften veranstaltet. Nachbarn, die seit Jahren nicht mehr miteinander redeten, kamen wieder ins Gespräch. Großmutter Irén schloss Frieden mit Frau Kocsoba, die sich einmal vor Jahren in der Theresienkirche auf Großmutters Platz gesetzt hatte und ihn nicht räumen wollte, selbst als Großmutter – wenn auch verspätet – erschien. Nun lieh sie uns bereitwillig eine Prise Salz, als wir wegen der heftigen und nahen Luftangriffe nicht in die Wohnung hinaufflitzen konnten, auch nicht wegen einer so lebenswichtigen Sache.

Das Schönste in diesen Wochen im Keller war, dass ich Vater und Mutter von morgens bis abends in meiner Nähe hatte. Ich konnte mich zu ihnen kuscheln, wann immer ich wollte – und ich wollte sehr oft. Die anderen Kinder zogen mich deswegen auf, aber ich scherte mich nicht darum. Schon bald nach dem Krieg zeigte sich, wie recht ich gehabt hatte, die Gelegenheit zu nutzen, solange sie da war. Vater wurde nämlich von den Sozialdemokraten zum Arbeiten aufs Land geschickt. Mutter und er hatten sich entschlossen, Parteimitglieder zu werden. Er durfte nur einmal im Monat nach Hause, manchmal auch gar nicht, und wenn er bei uns war, wurde den ganzen Tag über Politik gestritten.

Mutter hatte einen Job als Frauenbeauftragte im 9. Bezirk. Zu Beginn ihrer Tätigkeit nahm sie mich immer mit in das Büro am Borárosplatz. So war ich nicht mehr auf Gedeih und Verderb Großmutter ausgeliefert.

Mutters Kollegen schienen sich über mich zu freuen. Jani Móhl machte aus zusammengeknülltem Papier einen Fußball und kickte mit mir im riesigen Vorzimmer. Die Frauen an den Schreibtischen schenkten mir Schokolade und Parteiabzeichen. Ich sammelte mindestens zehn Männchen mit Hämmern und etliche Anstecknadeln. Sie gaben mir allerlei Vordrucke, Stempel und Bleistifte. Ich hatte sogar einen eigenen kleinen Schreibtisch, an dem ich den ganzen Tag spielen konnte.

Mutter rannte im Büro auf und ab, schrie ins Telefon, tippte hektisch auf der Schreibmaschine. Ich sah ihr an, dass sie es genoss, wichtig zu sein. Ständig verlangte jemand nach ihr.

Eines Tages erschien ein verschwitzter, dicker, glatzköpfiger Mann. Er hieß Géza Rothschild, wie mir eine der Bürodamen zuflüsterte. Sie sagte das in einer Art, als wollte sie mir zu verstehen geben, er sei der Herrgott persönlich. In seiner Funktion als Parteisekretär des Bezirks war er das gewissermaßen auch. Bei meinem Anblick verzog er den Mund und ging hinaus. Am Nachmittag erschien er wieder, und als er sah, dass ich immer noch da war, begann er zu schreien: «Meine liebe Ágnes, was bist du eigentlich, Kindermädchen oder Frauenbeauftragte? Das hier ist nämlich kein Kindergarten!»

Mutter wurde blass und ließ den Kopf hängen. Ich dachte, sie würde protestieren, aber sie schwieg und ließ mich fortan zu Hause. Von da an sehnte ich mich immer nach den paradiesischen Wochen im Luftschutzkeller zurück.

Ein einziges Mal nur brachen Ereignisse von draußen in diese glückliche Welt ein und verwandelten sie in ein furchterregendes und unberechenbares Chaos. Eines Morgens brachte uns Frau Kocsoba die Nachricht, dass sie im

Holzkeller zwei deutsche Deserteure gefunden hätte. Man müsste etwas unternehmen, die Russen kämen immer näher, und wenn sie die hier fänden! Vater wandte sich an den Luftschutzwart Zubrovits, damit dieser in Bezug auf die Deutschen eine Entscheidung traf, doch er kehrte unverrichteter Dinge zurück. Mit dem Zubi sei nichts anzufangen, erklärte er. Er hätte Nierenkoliken und das Gefühl, er bringe einen Nierenstein zur Welt. Er überlasse Vater die Entscheidung. Vater schien an Zubis Nierenstein seine Zweifel zu haben, doch das half ihm nicht weiter. Er trommelte die Männer des Hauses zusammen. Sie beschlossen, den beiden Deutschen Zivilkleidung zu geben und sie dann ihres Weges zu schicken, Gott mit ihnen.

Jeder steuerte bei, was er an Kleidung entbehren konnte, der eine oder andere ging sogar hinauf in seine Wohnung. Bis sie nach und nach wiederkamen, hatten sich die Frauen zusammengerottet und den Zugang zum Holzkeller verbarrikadiert. Frau Deák, die früher Frau Pazurik geheißen hatte, stellte sich den Männern in den Weg und stemmte die Arme in die Hüften. Selbst hier im Keller trug sie noch einen glänzenden Hausmantel und hatte Rouge auf den Wangen.

«Tun Sie das nicht, Herr Nyerges», sagte sie. «Letzten Endes haben die uns doch vor den Russen beschützt. Wenn wir sie jetzt auf die Straße setzen, wird sie das ihr Leben kosten!»

«Vielleicht sind sie verletzt», ergänzte die Hausmeisterin, die dicht neben Frau Deák stand.

Da ergriff die sonst eher schweigsame Frau Benedek unerwartet heftig das Wort: «Sie können uns nicht einschüchtern, Frau Wachtler! Ihre Pfeilkreuzler machen sich inzwischen auch aus dem Staub, Sie können uns nicht mehr verpfeifen!»

Vater versuchte Frau Deák beiseitezuschieben, die daraufhin in lautes Gekreisch ausbrach: «Seien Sie doch kein Scheißkerl, Herr Nyerges! Ich werde nicht zulassen, dass Sie unsere Helden ermorden!»

Frau Kocsoba drängte sich vor und leistete Vater unerwartete Schützenhilfe.

«Nun halten Sie mal die Luft an, Sie Schandfleck!»

Frau Deák stieß Frau Kocsoba vor die Brust, die aber mit beiden Füßen fest auf der Erde stand.

Vaters Geduld war erschöpft.

«Meine liebe Frau Deák! Gehen Sie aus dem Weg, solange ich Sie noch gütlich darum bitte.»

Frau Kocsoba begann wieder zu schreien: «Nennen Sie sie doch Frau Pazurik, auf ihrem Gewerbeschein stand auch dieser Name!»

Frau Deák krallte ihre Fingernägel in Frau Kocsobas Gesicht.

«Schnauze, heiliger Bimbam, sonst packe ich auch aus!»

Der leise Summchor des «Nichtvordemkind!» erklang wieder, aber niemand scherte sich darum. Ich hörte Mutter sagen: «Bandi, lass sie doch! Sollen sie sich gegenseitig zerfleischen!»

Vater wurde noch wütender.

«Ihr gottverdammten Weiber», brüllte er, «versteht ihr denn nicht, dass es unser aller Ende ist, wenn die Russen hier Deutsche finden?»

Es trat eine Stille ein, die durch die Stimme meiner

Großmutter Irén unterbrochen wurde: «Du sollst den Namen Gottes nicht in dieser Weise in den Mund nehmen. Ich schäme mich, dass ausgerechnet mein Bandi …»

Der Rest ging im Tumult unter. Den Männern war es gelungen, die Tür zu öffnen, und kurz darauf drangen Schreie aus dem Holzkeller herauf. Die Erwachsenen ließen nicht zu, dass wir Kinder ihnen folgten. Die beiden in kunterbunte Lumpen gekleideten Deutschen wurden unter lautem Geschrei und Schlägen die Treppe heraufgeschubst. Sie versuchten einen günstigen Moment abzupassen, um ihre Arme den Griffen der Hausbewohner zu entwinden und in den Keller zurückzuflüchten.

Frau Deák (vormals Frau Pazurik) unternahm einen letzten Rettungsversuch und flötete Vater ins Ohr:

«Jetzt schauen Sie sie doch an, lieber Herr Nyerges! Man sieht ihnen gar nicht an, dass sie Deutsche sind. Lassen Sie sie doch hierbleiben, seien Sie doch nicht so grausam!»

Auf Vaters Gesicht erschien ein nie gekannter Ausdruck. Er packte Frau Deák an den Handgelenken und begann sie so wild zu schütteln, dass ihr Kopf hilflos vor- und zurückflog.

«Verstehen Sie denn nicht, dass es um das Leben aller geht? Verstehen Sie das nicht? Ich will doch nur uns alle beschützen!»

Er ließ sie los. Sie trat einen Schritt zurück und spuckte vor ihm aus.

«Wissen Sie, was Sie sind?», kreischte sie. «Sie sind ein dreckiger Mörder!»

Frau Ábrahám versuchte heulend meinem Vater beizustehen.

«Herr Nyerges hat recht, hundertmal recht!»

Nun bedachte Frau Wachtler Frau Ábrahám mit einem vernichtenden Blick und zischte: «An Ihrer Stelle würde ich es mir gut überlegen, ob Sie es als slowakischer Flüchtling wagen dürfen, hier den Mund aufzumachen!»

Die Männer öffneten das Tor und stießen die beiden Deutschen auf die Straße.

«Man muss es abschließen», kreischte Frau Kocsoba. «Sonst passiert das wieder!»

Vater hielt den Schlüssel wortlos in die Luft und versuchte dann, ihn im Schloss umzudrehen. Er klemmte.

«Sie werden ihn abbrechen, mein Gott!», rief Frau Wachtler.

Jemand setzte eilig hinzu, dass das Schloss sicher verrostet sei. Vater drehte sich wütend um.

«Das sehe ich auch», sagte er. «Ich werde es jetzt aber nicht ölen!»

Wir kehrten zu unserem Platz im Keller zurück. Vater zitterte am ganzen Körper und konnte sich nicht beruhigen.

«Ich bin also ein Mörder», fing er immer wieder an. «Ich, der ich sie nur beschützen will! Sogar sie, diese stinkende …»

«Bandi», zischte Großmutter. «Nichtvordemkind!»

Wenig später schleppte sich Zubrovits zu uns herüber. Er krümmte sich vor Schmerzen. Vater schaute ihn fragend an, und der Zahntechniker zuckte entschuldigend die Schultern.

«Es scheint, es hat sich wieder beruhigt,» sagte er. «Mein Ehrenwort, ich dachte, ich würde einen Stein gebären.»

Nach kurzer Pause fügte er hinzu: «Ich bin nicht überzeugt, dass du dir den Hinauswurf der beiden Deutschen gründlich überlegt hast. Ich weise dich in allen Ehren» – er spickte seine Rede oft mit solchen Wendungen – «darauf hin, dass wir hier ganz schön in der Tinte sitzen, sollte es der deutschen Armee doch noch gelingen, die Russen zurückzudrängen. Das heißt, ich natürlich nicht, denn jeder hier weiß, dass ich eine Nierenkolik hatte.»

Wir erfuhren nie, was passiert wäre, hätten die Kriegsereignisse eine andere Wendung genommen. Am nächsten Morgen erwachten wir davon, dass Gewehrkolben gegen das Tor hämmerten.

«Das sind die Russen», flüsterte jemand. «Um Gottes willen, Herr Nyerges, lassen Sie sie bloß nicht herein!»

«Wir müssen sie hereinlassen», erwiderte Vater mürrisch. Aus allen Richtungen erklang Protest.

«Das sind doch wilde Tiere. Die nehmen sich erst die Frauen vor und klatschen dann die Kinder an die Wand. Wollen Sie das?»

«Und sie klauen», schrie eine weibliche Stimme. «Sie werden alles mitnehmen, wenn Sie sie hereinlassen.»

Vater zog seinen Mantel über und machte sich auf den Weg nach draußen. Einige Hausbewohner rannten hinter ihm her und versuchten ihn zurückzuhalten. Sie klammerten sich an ihn, beklagten sich laut und stießen Drohungen aus. So erreichten sie den Hof.

«Herr Nyerges, tun Sie es nicht. Gestern erst haben Sie das ganze Haus gerettet, retten Sie uns auch heute!»

Frau Kocsoba warf sich auf den Boden und versuchte, Vaters Beine zu umklammern. Er wich ihr geschickt aus und ging weiter.

Endlich tauchten auch Dr. Zloch und Herr Ábrahám auf. Zu dritt verschafften sie sich freie Bahn.

«Haben Sie Verständnis, dass wir aufmachen müssen! Tun wir es nicht, brechen sie das Schloss auf, und dann wird alles nur schlimmer», versuchte Dr. Zloch seine Autorität als Anwalt auszuspielen.

Die Schläge gegen das Tor wurden immer wütender. Man musste jeden Moment damit rechnen, dass es nachgab. Vater bemühte sich aufzuschließen, ohne den Schlüssel abzubrechen. Schließlich gelang es ihm, ihn umzudrehen, aber er konnte nicht mehr rechtzeitig zur Seite springen. Die Russen drangen durch das offene Tor herein und schlugen ihm mit ihren Gewehrkolben ins Gesicht, sobald sie ihn erblickten. Er blutete. Mutter wollte ihm das Blut mit einem Taschentuch abwischen, aber die Soldaten stießen sie beiseite und drehten Vaters Arm auf den Rücken.

Einer baute sich breitbeinig vor ihm auf und schrie ihm ins Gesicht: «Njemecki soldat?»

Vater schüttelte wild den Kopf.

«Nein, hier ist keiner, kein einziger», sagte er immer wieder. Und sie wiederholten ihre Frage immer wütender. Dr. Zloch versuchte es auf Deutsch und bekam sofort eine unglaubliche Ohrfeige. Sie packten ihn am Wams und schubsten ihn herum.

«Njemecki soldat, njemecki soldat?»

Herr Ábrahám schob sich nach vorne. Als slowakischer Flüchtling glaubte er, er könne ein bisschen Russisch verstehen, auch wenn Frau Wachtler beharrlich behauptete, Ábrahámš seien keinen Deut slawischer als sie selbst. Doch die Russen schienen zu verstehen, was er ihnen erklärte.

Die einen durchsuchten den Keller, die anderen die oberen Stockwerke, und nachdem sie sich überzeugt hatten, dass es im Haus tatsächlich keine Deutschen gab, waren sie wie verwandelt. Einer von ihnen fragte: «Nu kak?»

Herr Ábrahám fragte zurück: «Kleba jesty?»

Der Soldat grinste. «Kleba?» wiederholte er fragend, machte ein Zeichen und ging. Er kam mit einem vollgestopften Sack zurück, den er auf den Boden warf.

«Kleba», sagte er und deutete auf den Sack, um uns klarzumachen, der Inhalt sei für uns.

In der Zwischenzeit hatte Mutter mit ein wenig Schnee Vaters Gesicht vom Blut gereinigt. Alle waren einhellig der Meinung, ihm stünde das Recht zu, den Sack zu öffnen. Er war voll mit runden, fast schwarzen Brötchen.

«Das reicht für das ganze Haus», sagte Vater und fügte hinzu:

«Was glauben Sie, hätten die uns auch dann Brötchen geschenkt, wenn sie die beiden Deutschen hier gefunden hätten?»

Mit diesem Tag war unser schönes Kellerleben beendet. Wir zogen wieder hinauf in unsere Wohnung, wo uns eine unangenehme Überraschung erwartete. Die Wände beider Zimmer wiesen Einschusslöcher auf, durch die man in den grauen Januarhimmel hinausschauen konnte. Sämtliche Fensterscheiben waren zu Bruch gegangen, und der Wind pfiff herein. Die Zimmer waren unbewohnbar.

In dem allgemeinen Entsetzen strahlte Vater plötzlich.

«Nun werdet ihr sehen, wozu unser Stall gut ist!»

Wir nannten unser riesiges, unregelmäßig geschnittenes Badezimmer Stall. Wegen dieses übergroßen Badezimmers hatten meine Eltern seinerzeit die Wohnung gar nicht mieten wollen. Vor allem Großmutter hatte protestiert, zumal das Bad vom Zimmer meiner Eltern aus einen separaten Zugang hatte. So mussten sie auf dem Weg ins Badezimmer Großmutters Zimmer nicht betreten und entzogen sich dadurch einem Teil ihrer Kontrolle.

Nun bewohnten wir das eine Bein des L-förmigen Raums. Ich musste im Bett meiner Eltern schlafen, weil für mein kleines rotes Gitterbett der Platz nicht reichte. Ich war selig, dass sich das Glück des Kellerlebens noch eine kleine Weile fortsetzte. Ich spielte den ganzen Tag im Bett, eine andere Möglichkeit gab es nicht. Mutter las mir unzählige Male die Abenteuer von Dani Dick vor, Vater bastelte aus Draht und Korken Dani und seinen Freund Windspiel für mich. Wenn wir abends zu Bett gingen – ziemlich früh, weil wir keinen Strom hatten –, warteten meine Eltern, bis aus dem anderen Bein des L Großmutters Schnarchen zu vernehmen war, und begannen dann alte Schlager zu summen, die sie noch aus Gibraltar kannten. Das war mein allabendliches Wiegenlied, und was zählte es da schon, dass unsere billige Funzel erbärmlich stank und dass wir jeden Tag mittags und abends dasselbe essen mussten, weil wir nichts anderes hatten als die getrockneten gelben Erbsen, die Vater und die anderen Männer noch im Dezember erbeutet hatten.

Großmutter war nicht zu bewegen, ab und an eine Suppe daraus zu kochen. Das wäre nicht sättigend genug, sagte sie und servierte in einem fort die ewig gleiche dicke, klebrige und unsalzige Pampe.

«Lasst uns dem Herrgott danken, dass wir das überhaupt

haben», sagte sie immer und Vater ergänzte: «Und der Lexi Jellinek, dass sie die Tür der Lagerhalle offen gelassen hat!»

In den Straßen wurde immer noch geschossen. Während der Mahlzeiten hatten wir manchmal das Gefühl, das ganze Haus schwanke. Es war gar nicht daran zu denken, sich hinauszuwagen.

Es war an einem dieser Tage, als Mutter während des Mittagessens plötzlich ihren Löffel sinken ließ und ganz blass wurde.

«Es hat geklopft», sagte sie.

«Niemand hat geklopft», schnauzte Großmutter sie an. «Jeder ordentliche Ungar sitzt jetzt beim Mittagessen und belästigt nicht seine Nachbarn. Außerdem ist die Straße menschenleer!»

Nun horchte auch Vater auf.

«Und es klopft doch!» Er erhob sich und ging hinaus. Mutter folgte ihm. Ich wollte hinter ihnen her, aber Großmutter, den beiden gegenüber machtlos, befahl mir, sitzen zu bleiben.

«Iss weiter, und gaff nicht herum!»

Es verging eine lange Zeit, doch dann steckte Vater den Kopf zur Tür herein und blinzelte mir zu.

«Los, komm in den Flur, wir haben eine Überraschung für dich!»

Am anderen Ende des langen Korridors standen zwei schwankende, skelettartige Gestalten mit gelber Haut. Ihr starrer Blick erreichte mich nicht, obwohl sie in meine Richtung schauten.

«Worauf wartest du denn?», fragte Mutter. «Begrüße sie doch!»

Ich begann zurückzuweichen und presste meinen Hinterkopf gegen ihren Bauch, als die eine Gestalt fast unhörbar sagte: «Sack zu verkaufen.»

Die Stimme ähnelte ein bisschen, aber wirklich nur ein ganz klein wenig der meines Großvaters. Ich ging unschlüssig ein paar Schritte nach vorne. Da schlug mir ein Geruch entgegen, den ich schon aus dem Keller kannte: der abgestandene, modrige Gestank nach Matratzen und Strohsäcken. Der hier enthielt allerdings noch etwas Säuerliches und Bitteres zugleich. Mein Blick wanderte zu der anderen Gestalt. Das hätte Großmutter Margit sein müssen, aber die Person, die ich da sah, war noch erschreckender als die erste. Die Lumpen, die sie unter dem Mantel trug, hingen ihr vom Leib. Ihre weichen, kuscheligen Pölsterchen, in die ich mich immer so gern hineingeschmiegt hatte und die so nett gewackelt hatten, wenn sie lachte, waren spurlos verschwunden. Ihre Augen waren tief eingefallen, und ich hatte den Eindruck, dass sie sich vor mir fürchtete. Der Mann, der meinem Großvater ähnelte, versuchte in die Hocke zu gehen, um mit mir auf einer Höhe zu sein, wenn ich zu ihm hinlief. Er verlor das Gleichgewicht, taumelte, und statt sich mit der Hand abzustützen, griff er erschrocken nach seiner Brille. An dieser Bewegung erkannte ich ihn endlich. Nun aber fiel mir die vor Monaten erlittene Kränkung wieder ein, und ich schrie los: «Du wolltest nicht, dass ich dich im Krankenhaus besuche, obwohl ich damals keine Angst vor dir gehabt hätte! Aber jetzt habe ich Angst, jetzt, wo du hier bist!»

4

Jetzt kann man nicht mehr hereinschauen!», verkündete Vater stolz. In Ermangelung von Fensterglas hatte er am Rahmen braunen Pappkarton befestigt. Im Zimmer war es nun zwar dunkel, und die eisige Zugluft drang nach wie vor durch die beiden Einschusslöcher ungehindert herein, aber wir konnten den zur Straße gelegenen Raum wieder beziehen, nachdem er so lange unbewohnt gewesen war. Mutter weinte und lachte zugleich, als sie Vaters Werk sah.

«Wir werden schon nicht erfrieren», sagte Vater, und man merkte deutlich, dass er von unserer Reaktion enttäuscht war. Er hatte den ganzen Tag gewerkelt und lediglich erreichen wollen, dass man aus dem Haus gegenüber nicht mehr beobachten konnte, was sich in unserem Wohnzimmer abspielte.

Wir mussten das Zimmer wieder beziehen, denn mit Großvater Zsiga und Großmutter Margit lebten jetzt sechs Personen in unserer Wohnung. Die beiden wollten nichts davon wissen, ihrerseits ins warme Badezimmer zu ziehen.

«Das Kind darf sich auf keinen Fall erkälten», sagten sie. «Wir könnten ihm weder Vitamintabletten noch Medikamente besorgen. Ihr müsst also weiterhin im Bad schlafen – und wir werden es in dem kalten Zimmer immer noch besser haben als dort, wo wir bis jetzt gewesen sind. Gefroren haben wir im Ghetto auch, nur dass wir dort nicht einmal genug Platz hatten, die Beine auszustrecken.»

Für die Nacht trugen wir alle vorhandenen Kittel, Mäntel, Bett- und Tischdecken für sie zusammen, und jeden Morgen behaupteten sie tapfer, ganz prächtig geschlafen zu haben. Bei den Mahlzeiten in der Küche drängten sie sich zu zweit auf einen Hocker, obwohl für beide ein eigener da gewesen wäre. Sie saßen mit gesenkten Köpfen bei Tisch, als stünde das Kopfheben unter Strafe, und sprachen nie von sich aus, sondern warteten ab, bis wir das Wort an sie richteten oder eine Frage stellten.

Großmutter Irén fragte denn auch. Nach jeder Mahlzeit erkundigte sie sich bei Großmutter Margit, ob das Essen nach deren Geschmack gewesen sei.

«Ich bin nur eine einfache ungebildete Frau, während du vor dem Krieg sogar ein Kochbuch herausgegeben hast», schmeichelte sie.

«Es war sehr fein, ich bedanke mich ganz herzlich», antwortete die Gefragte vorsichtig.

Doch Großmutter konnte keinen Gedanken für sich behalten, hatte er in ihrem Kopf einmal Gestalt angenommen.

«Ich frage auch nur deshalb, weil dein feiner Geschmack hier fehl am Platz ist. Wir haben nichts Besseres anzubieten. Wir sagen unserem Herrn Jesus selbst für diese jämmerlichen Erbsen noch Dank. Diejenigen jedenfalls, die an ihn …»

«Mutter!»

Vaters Stimme klang sehr scharf. Großmutter blickte ihn unschuldig an.

«Habe ich etwas Falsches gesagt?»

«Das wissen Sie selbst ganz genau», antwortete Vater. Großmutter Margit versuchte, Frieden zu stiften, und sagte beherzt: «Mein lieber Bandi, deine Mutter hat doch nur gefragt, ob es uns geschmeckt hat.»

Ich ließ meinen Blick vom einen zum anderen wandern. Großmutter Margit war offensichtlich überzeugt, die richtigen Worte gefunden zu haben, aber ich wusste, dass man Großmutter Irén so nicht beikam. Mir war nicht entgangen, dass sie bei den Mahlzeiten jeden Bissen, der nicht in meinem oder meines Vaters Mund verschwand, mit versteinertem Gesicht und gierigen Blicken verfolgte.

Es kam der Tag, an dem unser Vorrat an getrockneten gelben Erbsen zur Neige ging. Ähnlich erging es Zlochs unter uns, den linker Hand wohnenden Bohus, und Zubrovits auf der anderen Seite. Die Männer kamen überein, die Lebensmittelbeschaffung wiederaufzunehmen, wenn auch ohne ihre KISKA-Uniformen. Zunächst wagten sie sich nur bis zum Pischinger-Lager an der Ecke Eötvös-Szondistraße, von wo sie mit einer beträchtlichen Menge an Oblaten zurückkehrten.

«Da hat sich vor uns schon jemand am Schloss und dem Rollladen zu schaffen gemacht», meinte Vater zu Mutters besorgten Äußerungen.

«Wirklich, Ágilein», versicherte er, und der Schalk sprühte ihm nur so aus den Augen, «ich habe den Rollladen kaum berührt. Er ist wie von selbst hochgegangen! Abgesehen davon, dass es dort auch feinere Sachen gegeben haben muss. Die haben wohl andere schon mitgenommen …»

Anderntags weiteten sie ihren Streifzug bis zur Aradistraße aus, wo sie in einem bereits leer geräumten Lebensmittelladen drei Krüge ranziges Schweineschmalz und ein einziges Kilogramm Kristallzucker fanden. Bis sie die Beute heimbrachten, hatten sie für ihre Zutaten ein passendes Rezept ersonnen: Sie rührten den Zucker in das ranzige Fett, beschmierten die Oblaten mit dem braunen Zeug und machten Schnittchen daraus.

«Bitte, hier ist das fabelhafte Zu-Schm-Ob», rief Vater. «Jeder der Hunger hat, kann sich jetzt an Zuschmob satt essen!»

Zum ersten Mal seit seiner Rückkehr begannen Großvater Zsigas Augen zu leuchten. Er war als Erster bei der Schüssel und nahm sich mit zitternder Hand so viele Oblaten heraus, wie er nur greifen konnte.

«Aber Zsiga, ich bitte Sie», schnaubte Großmutter Irén entrüstet. «Was machen Sie denn da?»

Entschlossenen Schrittes ging sie auf ihn zu.

«Mutter!», rief Vater.

Großmutter Irén ließ sich nicht aufhalten und wies mit ihrem knorrigen Zeigefinger auf die Schlüssel.

«Siehst du nicht, was er macht? Er isst sie deinem Kind weg!»

Großvater schien von all dem nichts zu bemerken. Er stopfte sich das Zuschmob so gierig in den Mund, dass er fast daran erstickte. Zwischen seinen Fingern quoll das Schmalz hervor. Mit der einen Hand bediente er sich aus der Schüssel, die andere hielt er als Schutzschild hoch, damit ihm keiner mehr nehmen konnte, was er einmal erbeutet hatte.

«Und ihr duldet das?»

Großmutter Irén geriet ganz außer sich, rannte durch den Flur, knallte alle offen stehenden Türen zu und gab ihrer Entrüstung lautstark Ausdruck.

«Er würde sogar seinem Enkel alles wegnehmen! Das ist der Dank dafür, dass ...»

Vaters Gesicht färbte sich dunkel. Wortlos folgte er seiner Mutter. Vermutlich war die letzte zugeschlagene Tür der Ausdruck seiner Wut.

Großmutter Margit hob den Kopf. Vielleicht hatte sie deshalb den Mut dazu, weil jetzt nur noch Mutter und ich in der Küche waren. Tränen rannen über ihr Gesicht.

«Bitte seid ihm nicht böse», flüsterte sie. «Im Ghetto hat er mit seinem Zucker solche Probleme bekommen, dass er eines Nachts das Dextrin unseres Zimmergenossen aufaß. Er dachte, es wäre Melasse.»

Ich wäre gern hinter Vater hergeschlichen, um sein Gespräch mit seiner Mutter zu belauschen, aber so viel Mut hatte ich nicht. Es beschäftigte mich jedoch den ganzen Tag.

Ich nahm einen kleinen Teller, packte ein paar Zuschmob darauf und wollte sie ins Zimmer bringen. Mutter hielt mich zurück und sagte, ich solle Großvater jetzt in Ruhe lassen. Sie hatte also erraten, dass ich die Süßigkeit nicht für mich genommen hatte, und das tat gut. Aber was mochte im Zimmer vor sich gehen?

Beim Abendessen bediente Großmutter Irén ganz demonstrativ Großvater Zsiga vor allen anderen. Sie fragte ihn sogar, ob es reiche, was sie ihm auf den Teller getan hatte. Was mochte ihr Vater gesagt haben, dass sie sich jetzt derart zahm benahm?

Zweifellos gab es niemanden, der Großmutter besser kannte als ich. Doch selbst ich konnte mir nicht vorstellen, dass sie sich wegen ihres Benehmens plötzlich schämen sollte. Hatte Vater ihr gedroht? Aber womit hätte er ihr drohen sollen? Sie war wirklich nicht furchtsam, und ich wäre jede Wette eingegangen, dass sie im Falle einer Schlägerei jeden aus der Familie niedergestreckt hätte, ihren Sohn miteingeschlossen.

Gewöhnlich schlief ich immer schnell ein, doch in dieser Nacht lag ich sehr lange wach. Ich lauschte Großmutter Iréns Schnarchen und dem Schnaufen meiner Eltern links und rechts von mir. Ich starrte in die Dunkelheit und zerbrach mir den Kopf. Es schien mir unwahrscheinlich, dass Vater seine Mutter mit schönen Worten besänftigt und diese dann nachgegeben hatte. Ebenso unrealistisch war die Annahme, er hätte ihr etwas befohlen. Am ehesten konnte ich mir noch vorstellen, dass er ihr gedroht hatte, sie fortzuschicken, wenn sie sich weiterhin so benahm. Schließlich lebte sie hier in unserer Wohnung …

Ich war nach stundenlangen Bemühungen, für das Geschehene eine Erklärung zu finden, vielleicht schon halb in Schlaf versunken, als vor meinem inneren Auge die Bilder eines längst vergessenen Sommernachmittags aufstiegen.

Großmutter und ich befanden uns auf dem Heimweg von der Markthalle am Hunyadiplatz, als wir an der Ecke der Szondistraße, gegenüber der Kneipe, eine große Menschentraube erblickten. Wir hielten auf sie zu, sahen aber zunächst nur die Rücken der Umstehenden. Großmutter begann sich durch die Menge durchzuarbeiten, und bald standen wir ganz vorne. Ein neues Plakat war während unserer Abwesenheit an der Hauswand angebracht worden. Die Leute waren damit beschäftigt, die Bekanntmachung zu studieren. Während alle den Text still für sich lasen, begann Großmutter, ihn laut vorzutragen, und verfolgte mit ihrem Zeigefinger die Zeilen, genauso, wie sie es in ihrem Gebetbuch tat.

«Also unter keinen Umständen!», sagte sie triumphierend, während wir uns langsam einen Weg aus der Menge bahnten. «Keine Ausflüchte mehr! Jetzt muss sie endlich gehen!»

Zu Hause angekommen, lief sie geradewegs in das Zimmer meiner Eltern, riss die Tür des Kleiderschranks auf und begann, Mutters Sachen auf das Sofa zu werfen. Ich sah ihr wie versteinert zu, besann mich aber bald und zupfte sie am Ärmel.

«Hör auf damit! Das darf man nicht!»

Sie schenkte mir keine Beachtung.

«Deine Mutter, diese Ungläubige, bringt uns nur Scherereien!»

Sie brüllte aus Leibeskräften.

«Ich werde dafür sorgen, dass sie uns nicht länger schaden kann! Bis sie nach Hause kommt» – bei diesen Worten modulierte sie ihre Stimme wie eine Märchenerzählerin – «packen wir ihre Sachen fein zusammen, tun sie in einen Koffer …»

«Ich nicht, ich nicht, ich nicht!», schrie ich außer mir. Mit beiden Fäusten drosch ich auf sie ein und versuchte, sie möglichst schmerzhaft zu treffen. Sie schüttelte mich mühelos ab und warf mich auf das Sofa, als gehörte auch ich zu

Mutters Sachen. Kopflos rannte sie durch die Wohnung auf der Suche nach einem Koffer. Sie fand alle zu groß. Schließlich stopfte sie irgendeinen mit Mutters Kleidern voll.

«Keine Mischehen mehr mit Juden!», rief sie. «Das Lied ist aus. Man hätte von Anfang an auf mich hören sollen!»

Wir hatten nicht bemerkt, dass meine Eltern nach Hause gekommen waren. Sie standen in der Tür und beobachteten die Szene wie vom Donner gerührt. Als Großmutter sie wahrnahm, packte sie den Koffer und warf ihn meiner Mutter vor die Füße.

«Bitte, ich habe alles eingepackt, was du brauchst. Es ist alles zu Ende. Sie haben die Zulassung für Mischehen aufgehoben. Unten an der Ecke hängt das Plakat!»

Sie keuchte die Worte aus unmittelbarer Nähe in Mutters Gesicht.

«Du musst dich laut Verordnung im *Tattersall* melden! Deinen Mann und deinen Sohn wirst du doch nicht in Gefahr bringen wollen?! Denn jeder, der Juden versteckt, wird bestraft, und versteckt haben wir dich jetzt lange genug!»

Die Wohnung schallte wider von Vaters donnerndem Gebrüll.

«Jetzt reicht's, wagen Sie es ja nicht …»

Doch sie ließ sich in ihrem Redefluss nicht unterbrechen. Vater war mit einem Satz neben ihr, packte sie mit beiden Händen und begann sie zu schütteln.

«Wage nicht, die Hand gegen deine Mutter zu erheben! Wegen so einer! Denk daran, was du geschworen hast, denk daran!»

«Bandi, hör auf», rief Mutter. «Lieber gehe ich!»

Vater ließ die Hände sinken und schlug seinen Kopf gegen die Wand.

«Bandi, nicht!», schrie Mutter.

Seine Stimme klang heiser, als er erwiderte: «Lass mich! Entweder tue ich mir etwas an oder aber ihr!»

Ich hatte mich an die Wand gelehnt. Plötzlich begann sie nachzugeben. Irgendwo ertönte ein Summton, wurde rasch lauter und drückte mich zu Boden. Um mich wurde alles schwarz.

Später erzählten sie mir, sie hätten den Arzt holen und zur Apotheke laufen müssen. Die ganze Familie hätte sich um mich gesorgt. Ich hätte lange geschlafen und nach dem Erwachen als Erstes nach Mutter gefragt.

Sie trat an mein Gitterbett. Ich berührte ihr Gesicht und streichelte ihr Haar. Ich wollte wissen, ob Großmutter sie wirklich hatte fortschicken wollen – oder hatte ich das nur geträumt? Mutter antwortete, ohne zu zögern.

«Das hast du nur geträumt. Du leidest an Blutarmut, mein Augenstern. Du bist gestern ohnmächtig geworden. Du siehst doch, dass ich da bin. Es war nur ein böser, hässlicher Traum. Ich verstehe gar nicht, wie du auf solche Ideen kommst. Vergiss es einfach, und denke nie mehr daran!»

Dass im Laufe desselben Tages die eben erst angeordnete Neuregelung für Mischehen wieder aufgehoben worden war, erfuhr ich erst als Erwachsener. Also blieb mir nur der Verdacht, dass sie mich irgendwie hereinlegen wollten. Ich hatte doch alles genau gesehen! Aber Mutter war da, daran gab es keinen Zweifel. Ich konnte mich hundertmal am Tag davon überzeugen – meine Erinnerungen hingegen verblassten immer mehr. Überhaupt geschah in dieser Zeit so viel, dass ich Mühe hatte, alles in meinem Gedächtnis zu speichern.

Erst Monate später, zu nächtlicher Stunde im Badezimmer zwischen meinen schlafenden Eltern, als ich darüber nachsann, womit Vater Großmutter Irén hatte bändigen können, fühlte ich plötzlich mit der größten Gewissheit, dass das, was sie damals als Traum ausgegeben hatten, doch wirklich passiert war. Vater hatte Großmutter an diesen Tag erinnert und sie so zu einem anderen Verhalten gezwungen. Ob sie sich aber tatsächlich schämte oder nur so tat, um nach einer Weile wieder mit allem von vorne zu beginnen, war mir allerdings noch nicht klar.

Wovon ich auch nichts wusste – und worüber ich erst sehr viel später etwas erfuhr –, war die Tatsache, dass dieses *Tattersall* auch für Großmutter Irén eine besondere Bedeutung besaß. In ihr rief der Name angenehme Erinnerungen an Erlebnisse wach, die ihrem Leben einst Sinn verliehen hatten.

Das erfuhr ich aber erst nach ihrem Tod, als ich in ihrem Schrank unter den Handschuh- und Hutschachteln eine in lila Seide gebundene Mappe fand, die alte Briefe enthielt. Zuunterst lag ein in Zellophan eingeschlagener und schon ganz vergilbter Zeitungsartikel. Ich wunderte mich, warum sie gerade die Seite sechs des *Pesti Hírlap* vom 30. Mai 1928 aufbewahrt hatte. Es war der Artikel eines Autors namens István Lázár mit dem Titel ‹Vierbeinige Seelen – Hundeausstellung zu Pfingsten im *Tattersall*›. Erst dachte ich, Großmutter habe es besonderen Genuss bereitet, über den Zeitvertreib ‹besserer› Leute zu lesen und sich der Illusion hinzugeben, selbst dabei gewesen zu sein – zum Beispiel dort, im *Tattersall*. Warum sonst hätte sie über Jahrzehnte unter ihren heiligsten Schätzen einen solchen Zeitungsartikel aufbewahrt?

Ich musste beim Auseinanderfalten überaus behutsam vorgehen, damit das Papier zwischen meinen Fingern nicht zerfiel. Bereits bei den ersten Zeilen blieb mir der Mund offen stehen.

«Bei den italienischen Windhunden gewann Aida Majtényi (Besitzerin Frau Irén Nyerges, geb. Berényi) den Titel und den Ehrenpreis der Derbysieger. Es handelt sich um ein schönes, kluges Tier, das viel Lob erntete …»

Ich sah Großmutter vor mir, wie sie das Lob entgegennimmt, wie sie ihren angeleinten italienischen Windhund der Jury präsentiert und den diskreten, aber begeisterten Applaus des Publikums mit leichtem Kopfnicken quittiert. Sie tauscht mit anderen Besitzern teurer Hunde Erfahrungen aus. Sie nimmt Glückwünsche entgegen, möglicherweise von Leuten, zu denen sie ein oder zwei Jahrzehnte zuvor zur Fußpflege und zum Frisieren gegangen war und die sie bei der Ankunft und zum Abschied mit ‹Küss die Hand› hatte grüßen müssen. Welches Maß an Selbstbeherrschung musste sie an den Tag legen, um ihren Triumph nicht offen zu zeigen! Kein Zweifel: Damals waren ihre Träume Wirklichkeit geworden, und sollte sie je vergessen, wie es sich angefühlt hatte, gab es den Artikel aus dem *Pesti Hírlap*. Dort stand ihr Name in genauso großen Lettern wie der des Grafen Ferenc Esterházy aus Tata-Tóváros, dessen Drahthaarterrier Princess Miranda in der Kategorie der Weibchen ausgezeichnet worden war, oder der Name der bei einem Gastspiel in Budapest weilenden Josephine Baker. Deren Mischling sorgte übrigens für einen unbeschreiblichen Skandal, als er sich in den verfolgten Fuchs verbiss. Am Ende mussten beide Tiere zusammen in einen Wassertrog geworfen werden, damit sie voneinander ließen.

Dieser Tag im *Tattersall* war kein einmaliges Ausnahmeereignis in Großmutters Leben. Ich fand unter den Papieren auch eine Dinnereinladung vom 30. Juni 1930 ins *Spolarich*. Ich erinnerte mich gut an dieses Restaurant, über dessen Eingang eine lange Zeit hindurch die Aufschrift «Hunden und Juden ist der Zutritt nicht gestattet» geprangt hatte. An diesem Abend gab sich ein gewisser Gyula Pekár aus dem Anlass die Ehre, dass die «an Erfolgen im Gemeinwesen überreiche Laufbahn seiner Exzellenz an einem bedeutenden Meilenstein – der Rückkehr von seiner dreißigsten Auslandsmission – angekommen war». Für Großmutter, die in den dreißiger Jahren wegen Mietschulden alle paar Monate umziehen musste, wird der in der Einladung mitgeteilte Preis von fünf Pengő für «Gedeck inklusive Trinkgeld» ein beträchtliches Opfer bedeutet haben. Dafür wurde sie durch den folgenden Satz entschädigt: «Wir legen großen Wert auf zahlreiches Erscheinen der Führungsschicht der feinen ungarischen Gesellschaft.» Dies alles war an sie, an Frau Irén Nyerges, geb. Berényi, adressiert, ihr galt der «Patriotische Gruß» unten auf der Einladung und der Vermerk bezüglich der Kleiderordnung: «Herren: dunkler Straßenanzug, Damen: Hut».

Etliche Jahre später, als ich Mitglied der 62. Lajos-Kossuth-Pioniertruppe war, bereiteten wir im Haus der Postgewerkschaft die Aufführung eines Kulturprogramms vor. Für eine Szene, in der ich wegen meines angeborenen Sprachfehlers – ich konnte das R nicht rollen – den reaktionären Grafen Tassilo spielen sollte, brauchte ich als Requisite einen Jägerhut mit Gamsbart.

Während Großmutter Irén beim sonntäglichen Hochamt weilte, wagte ich mich an ihren Kleiderschrank und nahm eine ihrer runden Hutschachteln heraus. Ich erinnerte mich vage, dass sie einen nie getragenen Hut besaß, der seitlich mit einer Feder geschmückt war. Die konnte man mit ein bisschen gutem Willen als Gamsbart durchgehen lassen. Zu meinem Unglück erwischte ich die falsche Schachtel und wagte nicht, mich mit weiterem Suchen aufzuhalten. Der Hut in dieser Schachtel war mit knallroten Kunstkirschen verziert. Ich stülpte ihn mir über, wie die Panzerfahrer in den Kriegsfilmen ihre Helme mit dem Kinnriemen. So stolzierte ich vor dem Spiegel auf und ab und lachte vor mich hin. Auch Vater und Mutter begannen zu kichern, als sie mich sahen, Mutter holte aus der Schublade der Küchenanrichte eine Gänsefeder, die sie zum Einfetten benutzte, und steckte sie hinter die Kirschen. Wir lachten so ausgelassen, dass wir Großmutters Rückkehr nicht bemerkten. Sie stand in der Tür und beobachtete versteinert, was wir trieben, wenn sie außer Haus war.

Ihre Erstarrung dauerte nicht lange. Sie riss mir den Hut vom Kopf und bedachte mich mit einem Blick, der keinen Zweifel daran ließ, dass sie mir gleich eine knallen würde – wie vorige Woche meinem Russischlehrer in der Schule, Herrn Halmi.

«Sie sind also dieser Halmi!», hatte Großmutter beim Betreten des Lehrerzimmers gerufen und bereits zugeschlagen, bevor der andere auch nur nicken konnte. «Schämen Sie sich nicht, die Kinder mit Ohrfeigen zu erziehen?»

Später wurde mir erzählt, dass Herr Halmi wie gelähmt vor ihr gestanden hätte. Vielleicht brachte es seine Weltsicht durcheinander, dass diese alte Dame – die ihm körperlich ganz offensichtlich weit überlegen war – einerseits die Großmutter eines der hervorragendsten Pioniere der Schule war, andererseits, wie jeder wusste, ein enges Verhältnis zur Kirche hatte. Tatsache war aber auch, dass der kleine Nyerges sich während der Stunde nach hinten gedreht und mit seinem Hintermann geplaudert hatte. Wie anders als mit einer Ohrfeige hätte er als Lehrer darauf reagieren sollen? Er hatte diese pädagogisch wertvollen Ohrfeigen schon oft verteilt und hatte deshalb noch nie irgendwelche Unannehmlichkeiten bekommen. Wenn sich jetzt aber herumsprach, dass er die Schüler schlug! Herr Halmi beschloss daher, die Züchtigung durch Großmutter widerspruchslos hinzunehmen und sich auch mir gegenüber nicht anmerken zu lassen, dass er meinetwegen geohrfeigt worden war.

Das rang mir eine gewisse Bewunderung für Großmutter ab.

Nichtsdestotrotz war ich jetzt nicht erfreut, mich selbst von einer Ohrfeige bedroht zu sehen, denn hätte ich sie bekommen, wäre der Familienkrach vorprogrammiert gewesen.

Doch Großmutter sorgte wieder für eine Überraschung: Statt mich zu ohrfeigen, brach sie in Tränen aus. Sie floh laut schniefend in ihr Zimmer und hatte nur für meinen Vater ein paar Worte: «Du solltest dich schämen! Du weißt doch genau, wann ich diesen Hut zuletzt … An Pfingsten, als meine arme Aida …»

Sie brach ab und warf die Tür hinter sich zu. Lange saß sie in ihrem Zimmer und weinte. Vater begann mit einiger Verlegenheit, uns in Aidas Schicksal einzuweihen.

Vater war damals Student und gleichzeitig Lehrer eines Grundseminars über die Geschichte der Bolschewistischen Partei. Das Gedankengut, mit dem er dort in Berührung kam, stand gewiss in krassem Gegensatz zum Leben der Familie vor dem Krieg. Nun begann er eine umständliche Erklärung.

«Mutter hatte einen teuren Rassehund namens Aida besessen. Er wurde kurz nach der Pfingsthundeausstellung von einem Auto überfahren.»

Später, als ich Großmutter zum Mittagessen rief, saß sie immer noch in ihrem Zimmer, hatte den Hut in der Hand und bürstete ihn liebevoll. Ich wusste nicht, ob sie mich wahrgenommen hatte, aber zum Essen erschien sie nicht.

In der lila Seidenmappe fand ich auch ihre alten Briefe aus dem ersten Jahrzehnt des Jahrhunderts. Zu meiner Verwunderung lagen auch die dort, die sie selbst geschrieben hatte. So erfuhr ich viele Einzelheiten aus ihren Jugendjahren.

Als ihr Ehemann Nyerges nach drei Jahren aus Nürnberg heimgekehrt war, war Großmutter im achten Monat schwanger. Ihr Kind – mein Vater – war die Frucht ihres Verhältnisses mit einem dahergelaufenen Hilfsarzt aus einem Krankenhaus. Er hatte nicht einmal eine eigene

Wohnung, sondern übernachtete auf einer Pritsche im Institut. Er war auch nach Großmutters Scheidung nicht bereit, sie zu heiraten. In einem seiner Briefe berief er sich auf seine Freiheit, er habe sich zu nichts verpflichtet und könne sich Frau und Kind nicht leisten. Großmutter jammerte erst, dann versuchte sie, ihn zu erpressen; schließlich verfluchte sie ihn. Der Arzt ließ sich aufs Land versetzen, hielt seine neue Anschrift geheim und sandte Großmutter alle ihre Briefe zurück. Dieser Mann, der Vater meines Vaters, hieß Nándor Majtényi.

«Sie sind egoistisch und bösartig wie Ihre ganze Rasse. Nehmen Sie zur Kenntnis, dass ich Ihnen Ihren wundervollen kleinen Sohn, den der Nyerges adoptiert hat, nicht einmal dann zeigen würde, wenn Sie darum flehten», schrieb Großmutter in ihrem letzten Brief.

Aber Majtényi flehte nicht – er gab überhaupt kein Lebenszeichen mehr von sich.

Von all dem konnte ich Vater nicht mehr berichten, denn als ich davon erfuhr, war er bereits gestorben. Vielleicht wäre es auch nicht gut gewesen, hätte er davon gewusst.

Ich konnte mir Großmutters Gefühle für ihren Hund unschwer vorstellen. Wahrscheinlich sah sie bei seinem Anblick immer Dr. Majtényi vor sich, denn in einem Brief hatte sie geschrieben: «Stellen Sie sich vor, ich habe meinen Hund nach Ihnen benannt. Meinen Hund!»

Doch ihre Rachsucht war damit noch nicht befriedigt.

Der Name *Tattersall* bekam durch das Plakat an der Straßenecke nun noch eine neue Bedeutung: Er wurde zum

Schadenersatz für alle Blessuren, für jede Erniedrigung, die sie von Dr. Majtényi erlitten hatte. Genauso wie Majtényi hatte auch der Vater des Fülöp'schen Mädchens einen Doktortitel. Er war zwar kein Arzt und hatte die medizinische Fakultät nach nur einem Semester verlassen, weil er bei der ersten Sezierung in Ohnmacht gefallen war, aber er hatte andere Titel verliehen bekommen, in Ungarn und sogar in Berlin. Und nun spielte er sich auf – oder gar nicht so sehr er selbst, eher seine Tochter. Großmutter meinte immer, in der Art, wie sie von ihrem Vater sprach, liege eine gewisse Herablassung anderen Leuten gegenüber, als würde sie sagen wollen: «Sie, liebe Schwiegermutter, haben nicht einmal die Grundschule geschafft!»

Allzu verlockend war da die Vorstellung, die Tochter des Dr. Fülöp müsste sich mit ihren elenden Habseligkeiten in ebendiesem *Tattersall* melden. Dort sollte über ihr weiteres Schicksal befunden werden, darüber, mit wem und wohin man sie einsperren würde. In dem *Tattersall*, wo sie, die stolze Besitzerin von Aida Majtényi, an einem strahlenden Pfingstsonntag so glücklich gewesen war. Und endlich würde der ganzen Rasse Nándor Majtényis das zuteil, was sie verdiente.

5

In den letzten Januartagen wurde ein russischer Offizier namens Nikolaj bei uns einquartiert. Anfänglich bekamen wir ihn so gut wie nie zu Gesicht. Er verließ die Wohnung am frühen Morgen und kehrte erst spät zurück, wenn alle schon längst schliefen. Von seiner Existenz zeugten nur die Lebensmittel, die er hin und wieder auf den Küchentisch stellte. Bald änderte sich das. Soldaten kamen mit Koffern und Kisten und deponierten diese in Großmutter Iréns Zimmer. Wir versuchten uns gegen den Einzug zu wehren und verwiesen auf die Einschusslöcher, aber sie zuckten nur die Schultern. Die Kälte störte sie nicht.

Dann erschien Nikolaj ausnahmsweise am helllichten Tag und machte einen Rundgang durch die Wohnung. Er brauchte einen Schrank für seine Sachen. Er entschied sich für den Kleiderschrank meiner Eltern. Mutter begann ihn widerspruchslos auszuräumen. Plötzlich kam unter unseren Wintermänteln ein großer, glänzender Gegenstand zum Vorschein. Es war Vaters Akkordeon, ein wertvolles Instrument mit vielen Knöpfen und Tasten. Einer Eingebung folgend hatte er es nicht zur Aufbewahrung in dem Kaffeehaus gelassen, in dem er zuletzt engagiert gewesen war.

Zu unserem Schreck sprang Nikolaj auf und hob es mit einer Hand hoch wie eine Kriegsbeute.

O Gott, mochten meine Eltern gedacht haben, was machen wir, wenn er es uns wegnimmt?

Nikolaj begann aufgeregt zu gestikulieren und etwas zu erklären. Wir verstanden ihn nicht, bis er zu Vater trat und ihm das Instrument umhängte.

«Er will, dass du etwas spielst!» Mutter atmete erleichtert auf. Nikolaj nickte eifrig, als hätte er ihre Worte verstanden. Vater hob die Hand, ließ sie dann aber unentschlossen wieder sinken. Er wusste offensichtlich nicht, was er spielen sollte.

Später erklärte er, er habe sich wie vor langer Zeit in Gibraltar gefühlt, als er in seinem Lokal zum ersten Mal Zeuge einer Schlägerei wurde. Die Matrosen auf Landgang schlugen damals die Einrichtung des Kaffeehauses kurz und klein, während Vater noch nicht wissen konnte, was in einer solchen Situation zu tun war. Glücklicherweise hatte der Bandleader mehr Erfahrung. Er ließ «God save the King» anstimmen, und die Matrosen mussten strammstehen. In jener Zeit erklang bei jeder ordentlichen Kaffeehausschlägerei die englische Hymne.

Was zum Teufel könnte einem Russen, der ganz sicher Kommunist war, wohl gefallen?, zerbrach sich Vater den Kopf. Schließlich konnte er Nikolaj nicht länger warten lassen, musste anfangen zu spielen, und so hallte unsere Wohnung in der Eötvösstraße unversehens von den Klängen der Marseillaise wider. Auf Nikolajs Gesicht erschien ein gezwungenes Lächeln. Offensichtlich war er unzufrieden. Vater brach ab, und es entstand eine peinliche Stille. Da erhob sich Großvater Zsiga vom Lehnstuhl, in dem er den ganzen Tag saß und vor sich hin starrte, trat zu Nikolaj und begann in einer fremden Sprache auf ihn einzureden. Es war Englisch, wie sich später herausstellte. Das Gesicht des Offiziers hellte sich auf, und er antwortete begeistert. Die beiden kamen ins Reden, und bald hatten sie uns ganz vergessen. Großvaters dünne Stimme gewann ihr altes Timbre zurück, Nikolaj strahlte. So hatten wir ihn noch nicht gesehen.

«Er sagt», übersetzte Großvater, «er wäre auch Musiker. Dein Spiel gefällt ihm sehr gut, Bandi. Du sollst aber etwas anderes spielen. Englische Schlager aus der Zeit vor dem Krieg. Ich habe ihm gesagt, dass du sicher einige kennst ...»

Vater atmete auf.

«Tipperary?», fragte er, und Nikolaj rief mit schallender Stimme: «Tipperary haraschо!»

Eine alte Melodie folgte der anderen. Großmutter Irén begann hinter Vaters Rücken zu gestikulieren. Der Krach passte ihr nicht, und sie war der Meinung, das alles würde ein böses Ende nehmen. Mutter zuckte mit den Schultern und deutete auf Nikolaj. Was sollte schon passieren, wenn er es so haben wollte? Der Offizier klopfte mit seinem Fuß den Takt, manche Schlager summte er sogar mit. Vater entschloss sich zu einer großherzigen Geste und reichte ihm das Akkordeon. Nikolaj sollte auch etwas spielen. Der Russe konnte nicht ahnen, wie viel das bedeutete, und lehnte das Angebot ab. Er sei Pianist, sagte er, außerdem sehr müde, aber er genieße es, Vater zuzuhören.

Wir erfuhren, dass er aus Leningrad stammte. Beim Stichwort Lenin schnaubte Großmutter Irén: «Dieser elende Lenin hat alle Kirchen abreißen lassen.»

Mutter schüttelte missbilligend den Kopf.

«Belehre mich nicht, du Siebengescheite», fuhr Großmutter sie an. «Erstens habe ich recht, und zweitens versteht der hier sowieso kein Ungarisch.»

Vater ließ Nikolaj erklären, dass er nur zum Zeitvertreib Akkordeon spiele. Eigentlich sei er Posaunist und Schlagzeuger. Da fiel ihm der Offizier richtiggehend um den Hals, küsste ihn rechts und links und begann so schnell zu sprechen, dass Großvater mit dem Übersetzen kaum hinterherkam. Das träfe sich alles wunderbar! Morgen Abend würde im Militärquartier in Vecsés zu Ehren eines ranghohen Gastes ein Galadinner mit Unterhaltungsprogramm stattfinden. Es sei seine, Nikolajs, Aufgabe, das Orchester zusammenzustellen. Geiger habe er mehr als genug, Bläser oder Schlagzeuger hingegen sei kein Einziger da …

Vaters Begeisterung erhielt plötzlich einen Dämpfer.

«Sagen Sie ihm, Opa, dass sowohl mein Schlagzeug als auch meine Posaune im Parisien Grill geblieben sind.»

Großvater übersetzte, aber Nikolaj winkte nur ab. Es seien genügend Instrumente vorhanden, ließ er Vater wissen. Vater solle sich nur, so gut es ging, in Schale werfen, er werde ihn dann am Abend mit dem Jeep abholen.

Von ein paar Mottenlöchern abgesehen war Vaters Smoking in tadellosem Zustand. Er sah darin immer noch so aus wie auf den Bildern aus der Zeit, als er unter seinem Künstlernamen Barry Nyerges aufgetreten war. Der Namenszug hatte auch sein Schlagzeug geziert. Auf diesen Fotos lächelte er, dass seine Zähne nur so blitzten. Mutter sagte immer, sie sähen aus wie Reklamefotos für Odol.

Mit dem Jeep fuhren sie davon, mit dem Jeep kehrten sie im Morgengrauen wieder heim. Und Vater brachte von seinem Auftritt etwas mit: Zucker, Mehl, Kartoffeln und einen halben Schinken. Das war sein Honorar für den Abend. Noch zweimal engagierte ihn Nikolaj zum Musizieren, und wir alle wurden etwas runder und kräftiger. So konnte man sich wieder auf die Straße trauen.

Eines Abends setzte sich Nikolaj zu uns an den Küchentisch und begann, uns mit Großvaters Hilfe seine Zukunftspläne auseinanderzusetzen. Er stürzte die Familie damit in einen beträchtlichen Zwiespalt. Doch noch bevor wir anfangen konnten, seinen Vorschlag zu diskutieren, musste er aufbrechen. An der Küchentür drehte er sich noch einmal um und bedachte uns mit einem so breiten Lächeln, dass wir seiner guten Absichten absolut sicher sein konnten.

«Der Krieg wird bald zu Ende sein», fasste Großvater das Wesentliche zusammen, «und Nikolaj wird nach Leningrad heimkehren …»

«Dieser verdammte Lenin», knurrte Großmutter Irén, und Vater bat sie, still zu sein. Dann wandte er sich wieder an Großvater.

«Sprechen Sie weiter, Opa.»

«Ich hoffe, ich habe alles richtig verstanden. Er hat gesagt, er sei nicht nur Leiter einer Band, sondern bekleide auch einen wichtigen Posten im Musikleben der Stadt. Er möchte Bandi nach Leningrad mitnehmen. Er würde sich um eine Wohnung kümmern, würde auch sonst alles Nötige erledigen. Aber nicht nur Bandi, die ganze Familie soll auswandern!»

Uns blieb das Wort im Halse stecken. Vater und Mutter schauten sich ratlos an. Großvater Zsiga war der Meinung, man müsse das Angebot zumindest in Erwägung ziehen. Hier in Ungarn werde sich das Leben sicher nicht so schnell normalisieren. Und ob hier so bald wieder Bedarf an Jazzmusikern bestehe, sei auch fraglich.

«Mein Bandi ist Schneidergeselle», warf Großmutter Irén ein, worauf Vater ungehalten erwiderte: «Sie wissen sehr gut, Mutter, dass ich den Beruf hasse und ihn deswegen aufgegeben habe.»

Großmutter protestierte weiter.

«Und deine Instrumente? Woher willst du wissen, dass deine Instrumente überhaupt noch da sind?»

In diesem Punkt sollte sie recht behalten. Das Vergnügungslokal, in dem Vater während des Krieges aufgetreten war, hatte dem Sturm auf die Stadt bis zum letzten Tag standgehalten und war erst von russischen Panzern zerschossen worden. Alle Instrumente der Band waren dabei vernichtet worden. Das wussten wir zu diesem Zeitpunkt allerdings noch nicht.

«Nikolaj versorgt uns hier und jetzt schon mit allem Nötigen. Ich denke, in Russland wäre das für ihn noch einfacher», sagte Vater.

Da Großmutter Irén befürchtete, die Entscheidung sei damit schon gefallen, begann sie aus Leibeskräften zu zetern: «Hast du vergessen, was du geschworen hast? Du hast geschworen, dass du mich nie verlassen wirst!»

«Aber Mutter, Sie kommen selbstverständlich mit!»

Auf Mutters Gesicht lag ein seltsamer Ausdruck, aber sie schwieg. Großmutter Irén hingegen protestierte beleidigt.

«Wie? Ich? Zu diesen Gottesleugnern? Wo sie doch alle Kirchen niedergerissen haben?»

Zum ersten Mal, seitdem er bei uns wohnte, brachte Großvater Zsiga den Mut auf, sich auf eine Diskussion mit ihr einzulassen.

«Aber liebe Irénke, hier in Ungarn haben sie sie schließlich auch nicht abgerissen. Sie können in die Stadt gehen und sich mit Ihren eigenen Augen davon überzeugen!»

Für ein paar Sekunden wurde es ganz still. Großmutter Irén schien verunsichert. Nun ergriff Großmutter Margit das Wort.

«Das Problem ist eher, dass Bandi keine Sprachen kann.»

Vater unterbrach sie beleidigt.

«Das ist jetzt aber auch nicht wahr! Mein Spanisch ist ganz passabel.»

Alle kicherten, sogar Mutter streichelte lächelnd sein Gesicht.

«Und was bringt dir dein Spanisch bei den Russen?»

«Ein wenig Deutsch kann ich auch», schmollte Vater.

«Ein ganz klein wenig», sagte Mutter. «Aber die Russen sind im Moment sowieso nicht begeistert, wenn einer Deutsch spricht, verständlicherweise …»

Schließlich fand Großmutter Irén ihre Stimme wieder.

«Das sind alles Dummheiten! Ich werde ohnehin nicht dulden, dass ihr aus meinem Enkel ein russisches Kind macht!»

«Ich will ein russisches Kind werden!», rief ich prompt. «Ich will ein russisches Kind werden!»

Mutter bedeutete mir, still zu sein. Dann sagte sie versonnen:

«Wenn es uns damals gelungen wäre, in Gibraltar zu bleiben, wäre aus dir ein englisches Kind geworden!»

Zu einer Entscheidung konnten wir uns an diesem Abend nicht durchringen.

Am nächsten Tag holte Nikolaj Vater wieder einmal mit dem Jeep ab. Doch diesmal kehrten sie nicht zur gewohnten Zeit zurück. Am Morgen, als ich erwachte, waren sie immer noch nicht da. Ich musste an Nikolajs Versprechen denken, Vaters Honorar mit ein bisschen Schokolade für mich aufzubessern.

Es wurde Mittag, aber von den beiden noch immer keine Spur. Wen ich auch fragte, wann sie denn kämen, stets bekam ich die unwillige Antwort: Sie werden schon kommen, geh spielen.» Aus den Gesprächen erhaschte ich aber, dass sie sich furchtbare Sorgen machten. Es war schrecklich, nichts unternehmen zu können. Wir konnten weder jemanden fragen noch irgendwo anrufen. Es gab niemanden, an den wir uns hätten wenden können. Wir konnten nichts tun außer warten. Großmutter Irén kniete ununterbrochen vor ihrem Kruzifix und betete abwechselnd ein Vaterunser und ein Ave-Maria. Ihre jaulende Stimme erfüllte jeden Winkel der Wohnung.

«Es tut mir leid, aber mich macht das ganz nervös!», sagte Mutter und machte Anstalten, zu Großmutter hineinzugehen.

Großvater Zsiga hielt sie mit einem sanften Blick zurück.

«Lass doch die Arme. Du kannst dir sicher vorstellen, was sie jetzt durchmacht.»

6

Vater kam erst nach Einbruch der Dunkelheit in Begleitung zweier russischer Soldaten nach Hause. Er hatte einen Verband am Arm und ein großes Pflaster auf der Stirn. Sein Gesicht war blass und die Lippen schmal, als presste er sie zusammen. Er wich meinem Blick beharrlich aus. Ohne ein Wort klaubten die Soldaten Nikolajs Sachen zusammen und verließen die Wohnung.

Vater war nur widerwillig bereit, über das Geschehene zu berichten.

Erst war in Vecsés alles genauso abgelaufen wie immer. In der einen Ecke des großen Saals spielte das Orchester, daneben waren die Tische für das Dinner gedeckt. In der Mitte befand sich eine große Tanzfläche. Für gewöhnlich wurde viel getanzt, wenn im Laufe des Abends die Stimmung stieg. Auf der dem Orchester gegenüberliegenden Seite des Saals hatten die russischen Offiziere mit ihren Gästen Platz genommen.

Die Band hatte gerade angefangen zu spielen, als plötzlich ohne jede Vorwarnung ein Höllenkrach losbrach. Das Gebäude erzitterte. Alles flog durcheinander und versank in einer riesigen Staubwolke. Die Leute irrten ziellos umher. Alle ahnten, dass etwas Furchtbares passiert sein musste, doch das ganze Ausmaß des Unglücks wurde erst sichtbar, als sich die Staubwolke nach und nach legte. Die hintere Wand des Saals und ein Großteil der Decke waren verschwunden. Die Gäste saßen oder standen unter dem Sternenhimmel und begannen erst langsam zu begreifen, dass die andere Hälfte des Gebäudes einfach nicht mehr da war – als hätte man es mit einem Messer abgeschnitten. Herabfallende Ziegel hatten bei einigen Gästen harmlose Verletzungen verursacht – sonst waren die Überlebenden so gut wie unversehrt geblieben.

Man tastete sich vorsichtig bis zur hinteren Wand durch und erkannte erst dort, dass auch das Treppenhaus eingestürzt war. Die russischen Offiziere waren sämtlich unter den Trümmern begraben worden.

«Dank sei dem gütigen Gott!», rief Großmutter Irén überglücklich aus.

Vaters Gesicht lief rot an.

«Mutter! Nikolaj ist tot!»

«Für mich zählt nur, dass du am Leben bist, dass der Herr Jesus dich mir zuliebe verschont hat!»

Sie wollte sich meinem Vater an den Hals werfen, aber er wehrte sie zornig ab.

«Lassen Sie mich jetzt in Frieden, Mutter!»

Bereits nach wenigen Tagen machte sich bemerkbar, dass unsere Lebensmittelvorräte in Ermangelung von Nachschub rasend schnell dahinschmolzen. Die Portionen wurden kleiner, was Großmutter Irén zu spitzen Bemerkungen inspirierte.

«Wären wir nur zu viert, dann hätte jeder mehr auf dem Teller.»

Großvater Zsiga errötete.

«Liebe Irénke, ich weiß, dass ich zu viel esse. Es kommt von meiner Krankheit.»

Großmutter Margit versprach, in die Wohnung in der Ostromstraße zurückzukehren, sobald man wieder über die Donau kam. Noch waren alle Brücken zerstört.

«Das ist doch Unsinn!» Vater schlug mit der Faust so heftig auf den Tisch, dass ein Teller auf die Küchenfliesen fiel und dort zersprang. Mutter vergrub ihr Gesicht in den Händen, und nur am Beben ihrer Schultern erkannten wir, dass sie weinte.

«Ich schäme mich so!», stieß sie hervor.

Großmutter Iréns Augen blitzten, doch Vater verdarb ihr die Freude.

«Auch ich schäme mich in Grund und Boden!», sagte er und warf seiner Mutter einen vernichtenden Blick zu.

Frau Zloch besaß ein untrügliches Talent, immer in den passendsten Augenblicken aufzutauchen. Auch jetzt stand sie in unserer Tür und sagte: «Wir könnten uns bald wieder so viel Lebensmittel besorgen, wie wir nur wollen. Ich habe eine fantastische Idee, aber allein wage ich mich nicht an die Umsetzung. Hört zu: Mein Mann hat von irgendwoher eine größere Menge Perlen beschafft. Wir könnten daraus Halsketten und Armbänder herstellen und sie bei den Bauern verkaufen. Die sind ganz versessen auf Schmuck! Was ist, wollt ihr mitmachen und fortan in Saus und Braus leben?»

Großmutter Irén schüttelte den Kopf über die verrückte Idee und verließ die Küche. Die beiden anderen Frauen hingegen waren ganz begeistert.

«Wir können gleich anfangen», sagte Mutter. «Aber wir arbeiten besser bei euch unten, wenn es dir recht ist.»

Frau Zloch verstand und nickte.

«Lasst uns morgen bei Tageslicht mit der Arbeit beginnen.»

So verbrachten Mutter und Großmutter Margit den ganzen Tag unten bei Zlochs. Sie waren daher auch in dem Moment nicht zu Hause, als eines Vormittags eine große, knochige Frau mit Kopftuch vor unserer Tür stand. Sie hielt einen Zettel in der Hand und fragte nach Zsigmond Fülöp und seiner Frau.

«Hier wohnt die Familie Nyerges», antwortete Großmutter Irén misstrauisch, aber ich plapperte dazwischen.

«Die Fülöps wohnen auch hier!», rief ich. «Ich hole meinen Großvater!»

Vater kam auch in den Flur, vielleicht, um Großvater Zsiga zu beschützen.

«Ich bringe Nachrichten von Ihrer Tochter Magda», sagte die Frau. «Sie lebt, und es geht ihr gut. Sie schickt Ihnen das bisschen Mehl und Fett hier.»

Großmutter Irén griff gierig nach den Sachen und brachte sie in die Küche.

«Endlich habe ich Sie gefunden!» Die Frau seufzte. «Ich habe zuerst in der Ostromstraße gesucht, aber das Haus liegt in Trümmern.»

Vater wollte wissen, wie sie über die Donau gekommen sei. Die Frau war ganz verwundert.

«Na wie schon! Über das Eis natürlich. Die Donau ist dick zugefroren. Alle gehen über das Eis!»

Währenddessen murmelte Großvater Zsiga leise vor sich hin: «Meine Zettel, mein Wörterbuch … Sagen Sie, sind alle Wohnungen zerstört?»

Die Frau versicherte ungerührt, dass alles kaputt sei. Er brauche sich keine Hoffnungen zu machen, es liege kein Stein mehr auf dem anderen. Aber eigentlich sei sie aus einem anderen Grund hergekommen. Magda habe sie hergeschickt, weil sie selbst nicht kommen könne – darüber wisse er wohl Bescheid.

«Woher kennen Sie Magda?», erkundigte sich Vater.

«Wir waren monatelang zusammen in Kistarcsa. Magda hat mir das Leben gerettet. Aber setzen Sie sich lieber hin, Herr Professor, ich sehe, dass Sie nicht gut beieinander sind.»

«Ich nicht gut beieinander? Ich bin schon wieder sehr kräftig im Vergleich dazu, wie ich vor einiger Zeit ausgesehen habe, als ich hier bei der lieben Schwiegermutter meiner Tochter einzog», antwortete Großvater Zsiga. Er versuchte Zeit zu gewinnen und warf Vater vielsagende Blicke zu. Doch die Frau merkte nichts und sprach unbeirrt weiter.

«Ich muss Ihnen im Auftrag von Magda ziemlich schreckliche Dinge erzählen. Sie geht nach Wien, wo sie in irgendein großes Unternehmen verwickelt ist, und hat mich gebeten, Ihnen diese Nachricht zu überbringen. So viel kann ich ja nun wirklich für sie tun, nach all der gemeinsamen Zeit …»

«Einen Augenblick bitte», unterbrach sie Großvater. «Ich möchte meinen Enkel schnell um etwas bitten.»

Der Frau mit dem Kopftuch fiel plötzlich etwas ein.

«Gut, dass Sie mich erinnern! Das ist doch der kleine Andriska? Magda hat mir etwas für ihn mitgegeben. Ich hätte es beinahe vergessen!»

Sie zog ein Taschentuch von zweifelhafter Farbe hervor und wickelte es auf.

«Bitte schön!»

Ein Stückchen echte, dunkelbraune Schokolade lag darin.

«Bitte, das ist für dich!»

«Ich möchte ihn erst um etwas bitten», wiederholte Großvater und hielt mich zurück. Aber er musste gar nichts sagen, ich erriet seine Gedanken auch so: Sicher sollte ich Mutter und Großmutter holen gehen. Nun mischte sich Vater ein.

«Warte, hole sie lieber nicht, sondern bleibe du ein wenig bei ihnen unten.»

Ich war so gekränkt, dass ich sogar die Schokolade vergaß.

Großvater Zsiga fing an, mir die Situation zu erklären.

«Deine Großmutter hat ein schwaches Herz. Für sie wäre es furchtbar, so plötzlich zu erfahren, was mit unserer Wohnung in der Ostromstraße passiert ist. Pass du auf sie auf, während dein Vater und ich uns ausdenken, wie wir es ihr möglichst schonend beibringen. Wir brauchen deine Hilfe, denn du bist ja schon ein großer Junge.»

Das klang gleich ganz anders. Ja, an mich konnte man sich vertrauensvoll wenden! Mit der Schokolade im Mund machte ich mich auf, die Frauen zu behüten.

In der Zloch'schen Wohnung herrschte keine sehr euphorische Stimmung. Der Mann, den Zloch beauftragt hatte, mit den bislang gefertigten Perlenketten in den umliegenden Dörfern hausieren zu gehen, war mit der Auskunft zurückgekommen, die Bauern hätten an Schmuck nicht das geringste Interesse. Brächte er Schuhe, Kleider, Pelze, feine Hemden, ja, dann könnte man über Tauschgeschäfte verhandeln …

Zloch ging mit sorgenvollem Gesicht auf und ab: Er hatte bei dem Versuch, in der Innenstadt Bruchgold zu verkaufen, auch eine Schlappe erlitten. Zum Handel geeignet seien offenbar nur Louisdor, vielleicht noch Dollars, aber Dollars habe er nicht, erklärte er seiner Frau.

An diesem Abend durchwühlten meine Eltern all unsere Schränke auf der Suche nach verwertbaren Kleidungsstücken.

«Um Gottes willen, deine Ziegenlederschuhe!», rief Mutter, als Vater diese gleich als Erstes in den Koffer warf. «Deine einzigen maßgefertigten Schuhe!»

Vater zuckte die Schultern.

«Die haben schon immer auf mein Hühnerauge gedrückt. Von jetzt an werden sie nicht mehr drücken!»

Mutter legte all die Kleider zusammen, die sie jemals zum Tanzen getragen hatte. Sie brachte ihren Frühlingsmantel, ihre Bluse mit dem Spitzenkragen, ihre Ballettschuhe. Und doch waren sie mit der Ausbeute am Ende immer noch nicht zufrieden.

«Mutter, wollen Sie nicht auch etwas dazulegen?», fragte Vater und war sich vollkommen bewusst, dass er damit einen neuerlichen Streit riskierte. «Ihren schwarzen Pelz tragen Sie doch nie …»

«Das fehlt noch, dass ihr den verscherbelt», konterte

Großmutter. «Das ist mein einziges ordentliches Kleidungsstück. Sonst habe ich nichts mehr.»

«Ich dachte, Sie hassen ihn, weil er so schwer ist», beharrte Vater.

«Willst du mir eine Lüge unterstellen?», ereiferte sich seine Mutter. «So etwas habe ich nie gesagt, und ich lasse mich von dir nicht ausrauben.»

Vater ging mit drohender Gebärde auf sie zu, drehte sich dann aber auf dem Absatz um und verließ das Zimmer. Großmutter Irén schloss geräuschvoll die Tür ihres Zimmers.

Mutter hatte noch eine andere Idee. Ohne ein Wort nahm sie Istvánkas Mantel aus dem Schrank und machte Anstalten, ihn mir anzuziehen. Vater schaute ihr entsetzt zu.

«Was tust du da? Mutter wird uns die Köpfe abreißen!»

«Abwarten», meinte sie lächelnd.

Der Mantel passte mir zwar noch einigermaßen, aber die Ärmel reichten gerade bis zu den Ellenbogen, und er war mir auch insgesamt zu kurz.

«Also?»

Vater hatte kaum zustimmend genickt, schon lag der Mantel bei den anderen Sachen im Koffer.

«Tu ihn ganz unten hin», sagte Vater. «Leg mein rosafarbenes Popelinhemd und meine Weste darüber, damit sie ihn nicht sieht ...»

Sie wollten am nächsten Morgen in aller Frühe nach Soroksár aufbrechen. Auf Zehenspitzen schlichen sie umher und bekamen einen gehörigen Schreck, als Großmutter plötzlich hinter ihnen stand und anfing, Ratschläge zu erteilen.

«Gebt euch nicht gleich mit dem Erstbesten ab. Wenn ihr schon alles hergebt, was ihr habt, dann müsst ihr mindestens ein Huhn mit nach Hause bringen. Kartoffeln, Gemüse, Mehl und Fett wären auch nicht schlecht.»

«Hören Sie doch auf, Mutter», versuchte Vater sie zum Schweigen zu bringen. «Wir müssen sehen, was möglich ist. Gegen Abend sind wir wieder da.»

Ich ahnte, wie erleichtert sie waren, endlich draußen zu sein. Großmutter hatte in den letzten Wochen oft genug die Schränke inspiziert. Bei einer solchen Inventur hätte sie das Fehlen von Istvánkas Mantel sofort bemerkt. Aber nun war er im Koffer oder in dem Rucksack, den sie von Zlochs ausgeliehen hatten, sicher verstaut.

Sie hatten vor, sowohl den Hin- als auch den Rückweg zu Fuß zurückzulegen. Doch am Ende brachte sie lange nach Einbruch der Dunkelheit ein Lastwagen nach Hause. Der Transport kostete sie fünf Eier.

Sie hatten den Lastwagen nicht nur deshalb angehalten, weil sie so müde waren. In der Nähe von Soroksár hatten sie aus nächster Nähe mitangesehen, wie ein Auto gegen das kleine Podest gerast war, von welchem aus eine junge russische Soldatin den Verkehr regelte. Der Fahrer peilte sein Ziel an, gab Gas und fuhr es um. Dann setzte er zurück und überfuhr es noch einmal, um seiner Sache ganz sicher zu sein. Mutter weinte und zitterte am ganzen Körper. Sie war vollkommen entkräftet. Vater versuchte sie zu tragen, aber mit all seinem Gepäck schaffte er es nicht. Sie waren froh, als der Lastwagen auftauchte, und einigten sich mit dem Fahrer ohne große Umschweife auf den Preis.

Großmutter Irén zeigte nicht das geringste Interesse an der Geschichte. Sie öffnete den Rucksack.

«Oh, gut, ihr habt Fett mitgebracht und auch Mehl. Da ist zwar der Kornkäfer drin, aber dafür könnte ihr ja nichts, ihr Armen. Ich werde es einfach durchsieben. Schau her, was liegt da noch? Fünf armselig kleine Eier. Ich hoffe, für die habt ihr irgendeinen Lumpen hergegeben, denn die hat ja ein Sperling gelegt! Wäre ich doch dabei gewesen! Mich hätte man mit so etwas nicht abspeisen können. Aber sei's drum. Was ist das da ganz unten? Ein Hühnchen! Gott sei Dank habt ihr auf mich gehört. Ein schönes, dickes Hühnchen! Ich werde Nudelteig dazu kneten, das gibt eine schöne Hühnerbrühe. Was ist denn?»

Mutter konnte ihrer Tränen einfach nicht Herr werden.

«Warum tut einer so etwas? Jetzt, wo doch alles vorbei ist! Warum musste er das Mädchen überfahren? Sie hat nur den Verkehr geregelt! Sie hatte kleine Fähnchen in der Hand, und die sind dort liegen geblieben, wo der Wagen sie überfahren hat!»

Vater fragte Zlochs nach einem Beruhigungsmittel, aber es dauerte Stunden, bis die Wirkung einsetzte. Selbst im Traum schluchzte Mutter noch laut auf.

Als wir am nächsten Morgen erwachten, war Großmutter Irén verschwunden. Sie hatte nicht einmal eine Nachricht hinterlassen. Wir beruhigten uns etwas, als wir bemerkten, dass sie ihr Gebetbuch mitgenommen hatte, denn nun war es klar, wohin sie gegangen war: Sie wollte mit ihren eigenen Augen sehen, dass die Theresienkirche noch stand. Vater war trotzdem ziemlich nervös.

«Warum zum Teufel muss sie rausgehen? Was, wenn sie von einem Blindgänger oder sonst irgendwas getroffen wird?»

Großvater Zsiga lachte ihn aus.

«Du musst sie verstehen. Ihr geht die heilige Messe wahrscheinlich genauso ab wie euch ein guter Kinofilm.»

Großmutter kam gegen Mittag nach Hause. Sie lächelte geheimnisvoll, wie jemand, der eine große Überraschung auf Lager hat. Kaum hatten Großvater Zsiga und Großmutter Margit ihre übliche Danksagung für das Mittagessen vollbracht und die Küche verlassen, platzte Großmutter Irén heraus:

«Ich habe für Sonntag Pfarrer Hévey eingeladen!»

Vater versuchte zu scherzen: «Hoffentlich haben Sie ihm gesagt, dass er sich warm anziehen soll, weil unsere Wohnung etwas durchlöchert ist! Er hätte sicher keine Freude an seinem Besuch, wenn er sich bei uns erkältet, der Herr Pfarrer!»

«Hätte er doch, denn ich habe ihn zum Mittagessen eingeladen. Zu einer Hühnersuppe nach Újházy-Art!»

Sie stand schon in der Tür und schloss sie nach den letzten Worten hinter sich. Trotzdem muss sie gehört haben, wie Vater aufstöhnte, als wäre er verwundet worden: «Verdammt noch mal! Haben wir denn die ganze Mühsal mit Soroksár deswegen auf uns genommen, damit uns der Pfaffe unser Hühnchen wegfrisst?»

7

Vater holte zwei Sägeböcke aus dem Holzkeller, legte zwei gehobelte Bretter, die er für diesen Anlass mit U-förmigen Nägeln miteinander verband, quer darauf – fertig war der Esstisch. Wir deckten ihn mit einem bodenlangen Damasttischtuch aus dem Besitz der Familie Zloch ab, und Zubrovits stellten uns als eine Art Wiedergutmachung ihr zwölfteiliges Tafelservice aus Herender Porzellan zur Verfügung. Denn wie sich herausstellte, mangelte es uns schlicht an allem, um Gäste bewirten zu können.

Vater lief im Unterhemd auf und ab, machte sich überall eifrig zu schaffen und führte uns jeden vertuschten Mangel voller Stolz vor. Doch seit dem Morgen wiederholte er unablässig dieselbe Frage: «Warum laden Sie denn einen Gast ein, wenn Sie sich unseretwegen schämen, Mutter? Niemand weiß es besser als Sie, dass wir arm sind und immer schon arm waren. Kam einer der Jungs aus meiner Band auf einen Sprung vorbei, haben wir auch keinen Aufwand betrieben!»

Mutter war mit Putzen beschäftigt und murrte ebenfalls ohne Unterlass.

«Warum müssen wir etwas vortäuschen, was nicht der Realität entspricht?»

Überraschenderweise fing Großmutter Margit an, Großmutter Irén zu verteidigen.

«Sie möchten doch nur, dass Ihr Zuhause so schön wie möglich aussieht, nicht wahr, Irénke?»

Sie bekam keine Antwort und brach plötzlich in Tränen aus.

«Wisst ihr, was das Schrecklichste an allem ist? Wir wollten euch zu eurem fünften Hochzeitstag ein Tafelservice schenken! Wir hatten sogar schon eines ausgesucht. Aber dann kam Vaters Verhaftung dazwischen, und den Rest der Geschichte kennt ihr ja. Wenn es wenigstens die Wohnung in der Ostromstraße noch gäbe! Dann müsstet ihr euch nicht alles von den Nachbarn ausleihen.»

Mutter antwortete aufgebracht: «Das Ausleihen macht mir gar nichts aus! Ich finde es viel schlimmer, dass der Hévey der Essenseinladung bedenkenlos folgt, dann aber nicht sehen darf, wie wir wirklich leben und dass es zu mehr einfach nicht reicht.»

Zum ersten Mal erlebte ich Großmutter Margit streng.

«Es ist nicht schön, so zu sprechen! Du selbst hast dich oft genug über eure Einrichtung beklagt. Du warst Besseres gewohnt …»

«Ich habe mich nie beklagt!», schüttelte Mutter den Kopf.

Doch sie schaute sich unwillkürlich um, als sähe sie heute alles zum ersten Mal. Sie war ganz offenkundig nicht begeistert.

«Du hast recht», seufzte sie. «Die Möbel sind in der Tat weder nach meinem noch nach Bandis Geschmack. Aber die Garnituren in Hell- oder Dunkelbraun, die uns gefallen hätten, überstiegen unsere finanziellen Möglichkeiten bei Weitem. Wir konnten uns nur diese roten Möbel leisten.»

Ich lauschte staunend. Bisher hatten sich Besucher ausnahmslos in netten Worten über die orangefarbenen Möbel geäußert. Alle fanden sie so fröhlich und sehr zu meinen Eltern passend. Es war mir ein Rätsel, warum Mutter jetzt von ‹roten› Möbeln sprach. Schämte sie sich für die Farbe?

Ich hatte mein ganzes bisheriges Leben in dem sicheren Glauben verbracht, es gäbe auf der ganzen Welt keinen schöneren Platz als unsere Wohnung. Ich liebte es, zu Hause zu sein. Ganz gleich, wohin man mich mitnahm, immer sehnte ich mich nach Hause zurück.

Ich kletterte auf das orangefarbene Sofa und sprang ganz hoch in die Luft. Ließ ich mich dann zurückplumpsen, wurde ich von den Federn noch einmal hochkatapultiert. Ich hatte nichts zu befürchten, selbst wenn Vater oder Mutter sahen, was ich trieb. Sie meinten zwar, die Federn würden das nicht lange aushalten, aber es endete immer damit, dass sie mich schnappten und gründlich durchwalkten. Ich kreischte vor Lachen, und sie lachten mit mir.

Ich liebte es auch sehr, allein im Zimmer zu sein. Ich öffnete die Schranktür und schnupperte an den Kleidungsstücken. Bei anderen Gelegenheiten erprobte ich, ob die Porzellanfiguren in der Vitrine auch unter meinen Schritten klirrten.

Im Zimmer meiner Eltern lag ein einzelner Teppich. Er war nicht groß, aber für meine Zwecke gerade richtig. Es gehörte zu meinen Lieblingsspielen, mich nach dem Bohnern daraufzustellen, an der Wand abzustoßen und von einem Ende des Zimmers zum anderen zu rutschen.

«Großer Gott, was machst du denn da?», rief Großmutter Irén entsetzt. «Du, Bandi, das Balg wird euren teuren Torontáler ruinieren!»

Vater grinste nur.

«Wenn das ein Torontáler ist, dann bin ich der Nachtwächter von Nyékládháza! Lassen Sie ihn doch spielen, und machen Sie sich um den alten Lumpen keine Sorgen.»

Besonders gern hatte ich den Schrank, in welchem die saubere Bettwäsche aufbewahrt wurde. Ich beugte mich weit hinein und atmete den charakteristischen Duft von Bleichmittel und Frischgebügeltem tief ein.

Doch mein allerliebster Zeitvertreib war es, einen Stuhl vor das L-förmige Wandregal zu ziehen, daraufzusteigen und die Buchrücken zu betrachten, die von hellblauen Elefanten gestützt wurden. Mutter hatte mir meine Märchenbücher schon so oft vorgelesen, dass ich die Texte und Bilder mittlerweile auswendig kannte. Auch von den anderen Büchern hatte ich eine ungefähre Vorstellung: Die hatte allesamt Großvater geschrieben oder übersetzt. In jedem stand eine kleine Widmung für mich.

«Wenn du einmal groß bist, wird dir das mehr bedeuten», pflegte er zu sagen.

Mutter hatte mir auch diese Widmungen schon oft vorgelesen. Ich wusste genau, in welchem Buch welche Widmung stand, auch wenn der Deckel zugeklappt war.

Mein Herz zog sich bei der Vorstellung zusammen, was aus meinem Reich werden sollte, wenn die Erwachsenen so abfällig darüber sprachen. Ich hegte kein Verlangen nach anderen Möbeln, wären sie noch so viel schöner, größer oder teurer. Allerdings war meine Sorge vollkommen unbegründet: Es dauerte noch sehr lange, bis wir uns eine neue Einrichtung leisten konnten, und da hatte ich selbst auch nichts mehr dagegen.

Weit bis in die sechziger Jahre hinein waren unsere einzigen neuen Möbel ein paar Bücherregale oder ein Wandschrank, die Vater in der kleinen Tischlerei in der Szondistraße aus selbstgekauften Brettern anfertigen ließ. Zu mehr reichte es einfach nicht. Damit sich die neuen Teile gut in das vorhandene Mobiliar einpassten, wurden auch sie orange lackiert. Die ‹roten› Möbel wurden also im Laufe der Jahre nicht etwa weniger, sondern vermehrten sich sogar noch auf wundersame Weise. Und dabei blieb es, solange wir in der Eötvösstraße wohnten.

«Man müsste allmählich Brennholz heraufholen», rief Großmutter Irén.

Wir hatten beschlossen, im Kachelofen einzuheizen, Einschusslöcher hin oder her. Der Esstisch sollte in der Nähe des Ofens aufgestellt werden.

«Wir beheizen die Straße», knurrte Vater.

«Wenn es hier drin auch nur ein klein wenig wärmer wird, muss der Herr Pfarrer nicht mehr so sehr frieren», sagte Großmutter Irén. «So viel kannst du deiner Mutter zuliebe tun.»

Als Gegenleistung musste sie hinnehmen, dass auch Großvater Zsiga und Großmutter Margit an der Mahlzeit teilnahmen.

«Nicht, dass ich ihnen das Essen nicht gönne», sagte Großmutter. «Aber worüber soll ich mich in Gegenwart dieser beiden Gottesleugner mit dem Herrn Pfarrer unterhalten?»

Vater wurde wütend, versuchte sich aber zu mäßigen.

«Ein Glück, dass sie das nicht gehört haben. Verstehen

Sie doch endlich, Mutter, dass Sie sich ihnen gegenüber nicht so benehmen können, nach allem, was sie durchgemacht haben.»

«Also soll ich während der ganzen Mahlzeit stumm dasitzen?»

Vater schaute sich ärgerlich um und deutete aufs Geratewohl auf den Kachelofen.

«Erzählen Sie dem Pfarrer doch, was der Sunderlik da fabriziert hat und warum der Ofen so schief ist.»

«Gerade das werde ich nicht tun!», schnaubte Großmutter. «Der Herr Pfarrer kennt den Sunderlik. Der gehört zu denen, die nie eine Messe oder eine Prozession versäumen. An dem könntet ihr euch alle ein Beispiel nehmen.»

Vater lachte nur.

«Wahrscheinlich ist der Ofen deshalb so schief geworden, weil Herr Sunderlik nach jeder Reihe Ziegel auf ein Gläschen Gebete in die Kirche eingekehrt ist, nicht wahr, Mutter?»

«Ach du …»

Großmutter lachte mit leicht gezwungenem Glucksen und tat so, als wollte sie ihrem Sohn einen Klaps geben. Vater machte das Spiel mit und duckte sich, als wollte er ihrer angedeuteten Züchtigung ausweichen. Es war ein außergewöhnlicher Augenblick. Ich hatte sie noch nie so unbekümmert miteinander albern sehen. Zum ersten Mal kam mir der Gedanke, dass Großmutter für Vater vielleicht gar nicht das Ungeheuer war, als welches wir sie sahen. Er hauchte ihr einen Kuss auf die Stirn, nahm einen Leinensack und machte sich auf, um Holz aus dem Keller zu holen.

Er war noch nicht draußen, als Großmutter ihm in ihrem üblichen Ton nachrief: «Ich hoffe, du hast auch deinem lieben Schwiegervater vorgeschrieben, wovon er reden darf und wovon nicht!»

In diesem Augenblick öffnete Großvater Zsiga die Tür. Er verriet mit keiner Miene, ob er ihre Worte gehört hatte.

«Dieser Duft ist herrlich», sagte er hingerissen. «Ich für meinen Teil werde nur von dieser märchenhaften Hühnersuppe schwärmen. So viel kann ich Ihnen versprechen, liebe Irénke!»

Hévey traf auf die Minute genau zur Mittagszeit ein. Nur ein paar Sekunden zuvor hatte Großmutter Vater auf die Straße scheuchen wollen, damit dieser sofort melden könne, wenn der Pfarrer im Anmarsch sei.

«Ich möchte die Suppe heiß servieren!», begründete sie ihren Wunsch.

Vater stellte gerade Laternen, Kerzen und Petroleumleuchten auf, damit wir beim Essen genug Licht hätten, denn die Fenster waren noch immer mit Pappe verklebt.

«Soll ich nicht auch noch einen dreifachen Salto schlagen, Mutter?», rief er ärgerlich.

In diesem Moment ertönten gleichzeitig das kräftige Klopfen Héveys an der Tür und die durchdringende Stimme von Frau Kocsoba aus dem ersten Stock: «Familie Nyerges, der Herr Pfarrer!»

Großmutter riss sich im Laufen die Schürze herunter, öffnete die Tür und küsste dem Pfarrer die Hand. Sie nahm den Segen und das Gastgeschenk – ein Bild des heiligen Vinzenz mit der Signatur des Bischofs – entgegen.

«Gott sei Dank, er ist in Zivil gekommen», flüsterte

Mutter meinem Vater zu. Allerdings irrte sie sich, denn als Hévey seinen Wintermantel ablegte, kam darunter die Soutane zum Vorschein. An diesem Tag entdeckte ich, woher die Geste stammte, die Großmutter vor unseren Ausflügen auf die Margareteninsel üblicherweise ausführte: Genau wie sie gravierte jetzt Hévey mit drei aneinandergepressten Fingern ein Kreuz auf meine Stirn. Er hatte auch für mich etwas mitgebracht: ein Heiligenbild, etwas kleiner als Großmutters heiliger Vinzenz. In meiner Verlegenheit steckte ich es sofort in die Hosentasche und sah zu, wie Mutter die Hand des Pfarrers küsste. Es war mir unverständlich, warum sie Großmutter Irén nachahmte. Später erklärte sie mir, sie hätte es um des lieben Friedens willen getan.

Vater hingegen ließ den Segen zu meiner Genugtuung mit eher finsterem Gesicht über sich ergehen. Er sagte kein einziges Wort und war ganz darin vertieft, Héveys Mantel an der Garderobe aufzuhängen. Großmutter Margit brach unvermutet in Tränen aus; Großvater Zsiga putzte umständlich seine Brille, hielt sie gegen das Licht und vergewisserte sich, dass sie wirklich sauber war. Als sich ihm Héveys segnender Arm näherte, setzte er die Brille auf und reichte dem Pfarrer die Hand.

«Sie gestatten: Dr. Fülöp», stellte er sich vor.

Noch bevor Großmutter Irén ihrer Entrüstung Ausdruck verleihen konnte, rief Großvater begeistert aus: «Riecht es hier nicht herrlich? Was sagen Sie dazu?!»

Hévey stand die Erleichterung deutlich in das runde, rotbäckige Gesicht geschrieben. Ihm sollte es nur recht sein, wenn sich das Gespräch um das Mittagessen drehte. Wir betraten das Zimmer, und meine Eltern führten dem Pfarrer die Einschusslöcher vor.

«Schrecklich, wirklich schrecklich», nickte er.

Ich betrachtete ungeniert seine Figur und versuchte an ihm die Spuren der Entbehrungen zu entdecken, von denen Großmutter Irén uns berichtet hatte. Nach ihren Erzählungen hätte er ganz ausgemergelt sein müssen. Doch die Ausbuchtung seines breiten Priestergürtels zeugte von einem ansehnlichen Bäuchlein. Aber warum zum Teufel musste er dann herkommen und unser Mittagessen wegessen?

Mein Magen knurrte so laut, dass ich sicher war, alle würden es hören, aber nur Vater zwinkerte mir zu und gab mir zu verstehen, dass seiner dasselbe tat.

Etwas umständlich einigten wir uns auf die Sitzordnung, und Großmutter brachte endlich die Suppe herein. Die riesige, mit blauen und goldenen Mustern verzierte Schüssel war mir fremd. Also zog ich Mutter, die neben mir saß, am Ärmel und wollte wissen, woher sie stammte. Mit einer Handbewegung bedeutete sie mir, sie in Ruhe zu lassen. Doch schon im nächsten Augenblick wurde sie von der Sorge erfasst, ich könnte meine Frage laut wiederholen, und flüsterte mir zu, die Schüssel gehöre Frau Benedek.

«Und bevor du weiterfragst: Das Besteck haben wir von Zubis, den schönen Schöpflöffel hat uns wiederum Frau Kocsoba ausgeliehen. Und nun gib Ruhe!»

Meine Aufmerksamkeit wurde in vollem Maße davon in Anspruch genommen, wem Großmutter wie viel auf den Teller tat. Hévey bediente sie als Erstes. Die dampfende, goldfarbene Suppe neidete ich ihm nicht, doch als gleich zwei Hühnerkeulen auf seinen Teller glitten, denen dann noch ein Flügel folgte, stieg in mir eine ungeheure Wut auf. Das waren meine Lieblingsteile! Ich versuchte, Großmutters Blick zu erhaschen, aber sie merkte nichts. Also erhob ich mich halb vom Stuhl und hielt meinen Teller hoch. Nun zupfte Mutter an meinem Ärmel und versuchte mich zischend zu bändigen. Hévey brach in ein herzhaftes Lachen aus.

«Der Junge hat Hunger. Bedienen Sie ihn doch, Irénke!»

Ich war ihm unendlich dankbar. Großmutter gab mir zwei Schöpflöffel voll Suppe und ein Stück Leber. Ich konnte nicht glauben, dass das schon alles sein sollte, und blieb mit meinem Teller in der Hand einfach stehen. Noch einmal kam mir der Pfarrer zu Hilfe.

«Soll ich den einen Schenkel nicht lieber dem Jungen geben? Es ist sowieso übertrieben, wie Sie mich behandeln, Irénke.»

Aber Großmutter hörte nicht auf ihn, sondern sagte nur mit unheildrohender Stimme: «Der Junge hat vorhin erst ein großes Brot gegessen.»

Vor Überraschung ließ ich mich auf meinen Stuhl fallen und verschüttete dabei die Suppe.

«Ich habe nichts gegessen!», begann ich zu protestieren. Zu mehr kam ich allerdings nicht, denn Mutter legte ihre Hand auf meinen Mund und ließ sie so lange dort, bis sie sicher annahm, ich würde nicht weitersprechen. Kaum zog sie ihre Hand zurück, begann ich ungestüm in ihr Ohr zu flüstern und wollte wissen, warum Großmutter lügen durfte. War das keine Sünde? Und wenn ja, dann sollte sie es unverzüglich beichten! Dabei blickte ich auf den Pfarrer, damit andeutend, der hierfür Zuständige säße ja bereits am Tisch.

«Hier hast du das Herz», sagte Mutter und schmuggelte es von ihrem Teller auf meinen. Ich ließ mich aber nicht bestechen und beobachtete gierig, wie die besten Bissen in Héveys Mund verschwanden. Er wischte sich unablässig die Lippen mit der Serviette, die er sich hinter den Kragen gesteckt hatte. Hin und wieder schlürfte er so selbstvergessen, dass ich hätte schreien können. Wenn ich beim Essen schlürfte, wurde ich gleich gemaßregelt: Das gehört sich nicht, Andriska! Ihn hingegen wies niemand zurecht. Im Gegenteil: Großmutter Irén verrenkte sich in nie gesehenen Posen, um ihn möglichst von allen Seiten zugleich betrachten und ihm jeden Wunsch von den Lippen ablesen zu können.

Nach dem Mittagessen wurde in der von Zlochs ausgeliehenen Kaffeemaschine, die einem Glaskolben glich, Kaffee gekocht.

«Das ist nur billiger Ersatzkaffee», entschuldigte sich Großmutter. Hévey versicherte, der Kaffee schmecke wundervoll, überhaupt sei das ganze Mittagessen grandios gewesen, geradezu lukullisch, das Nonplusultra aller Mahlzeiten!

«Zsiga, Sie trinken doch sicher auch einen Kaffee?», fragte Großmutter Irén. Doch bevor Großvater sein emsiges Kopfnicken mit ein paar Worten hätte bekräftigen können, sagte Großmutter Margit: «Lass dir das ja nicht einfallen! Denk an dein Herz!»

Hévey hob ruckartig den Kopf, wie jemand, der genau auf dieses Stichwort gewartet hatte.

«Mein Herz spinnt auch manchmal», sagte er und erwies sich im Laufe des Gesprächs als Experte in Bezug auf Krankheiten. Die Fachausdrücke flogen munter über den Tisch.

Mutter begann abzuräumen und bat Vater, ihr dabei behilflich zu sein.

«Ich helfe auch!», rief ich und lief ihnen nach.

«Gott sei Dank», flüsterte Mutter in der Küche. «Das Schwierigste hätten wir wohl überstanden.»

«Freu dich nicht zu früh!», meinte Vater. «Mutter gibt nicht so leicht auf. Lassen wir das Geschirr lieber stehen und gehen wieder hinein, solange noch Frieden herrscht!»

Die Unterhaltung plätscherte gemächlich vor sich hin. Hévey brachte gerade die Hoffnung zum Ausdruck, dass die Familie keine Kriegsopfer zu beklagen habe. Für Großmutter Irén war es eine Selbstverständlichkeit, dass die Frage nur an sie gerichtet war.

Ihre Antwort kam wie aus der Pistole geschossen: «Nein, Gott sei Dank keine.»

Doch der Pfarrer starrte so gebannt auf Großvater, dass sie sich schließlich auch nach ihm umdrehte.

«Oh, entschuldigen Sie bitte, das war sehr taktlos», sagte der Pfarrer und stand verlegen auf. Dann fiel ihm ein, dass meine Großeltern keinen Wert auf seinen Segen legten, und er setzte sich wieder hin.

Tränen rannen aus Großvaters Augen und fielen für alle sichtbar auf das Damasttischtuch.

«Papa», rief Mutter entsetzt und kniete sich neben ihn. «Papa, du weinst ja! Das machst du doch sonst nie!»

Großmutter Margit erhob sich von ihrem Platz und stellte sich vor Großvater, der mit gesenktem Kopf dasaß.

«Was ist mit dir, Zsiga?», fragte sie.

Ihre Stimme klang rau und ängstlich und fing an zu zittern, als sie die Frage wiederholte.

«Zsiga, weißt du etwas, was ich nicht weiß?»

Großvater ließ den Kopf immer noch hängen.

«Alte Menschen haben doch oft etwas an den Augen», sagte er gereizt. «Wieso glaubt ihr, dass ich weine?»

Doch dann wandte er sich an Vater.

«Sag du es ihnen, Bandi, ich schaffe das nicht.»

An diesem Sonntagmittag also stellte sich heraus, warum ich in einer fremden Wohnung auf Großmutter und Mutter hatte aufpassen müssen, während die Frau mit dem Kopftuch ihre Botschaft an Großvater überbracht hatte. Es war nicht nur um die zerstörte Wohnung in der Ostromstraße gegangen. Von Mutters älteren Schwestern war Tante Éva im Lager von Fertőrákos verhungert oder vielleicht schon auf dem Weg dorthin ums Leben gekommen. Tante Kati war wegen unerlaubten Waffenbesitzes auf dem Margaretenring hingerichtet worden.

Keiner rührte sich. Selbst Hévey schwieg. Großmutter Margit setzte sich stumm auf ihren Platz und vergrub das Gesicht in einem riesigen Taschentuch. Sie gab keinen Laut von sich, nur ihr Rücken und ihre Schultern bebten. Mutter zog sie an sich und streichelte ihren Kopf, genauso, wie sie es bei mir immer tat.

Ich dachte an die weißen Hasen. Ich hatte solche Angst vor ihnen, dass ich um nichts in der Welt bereit war, sie anzurühren. Legte man sie mir auf den Schoß, stand ich auf und ließ sie ins Gras fallen.

«Streichle sie doch mal», redete mir Tante Éva zu. «Du wirst sehen, sie sind weich wie Seide.»

Ich flüchtete in Mutters Schoß.

«Wenn du sie so behandelst», sagte Tante Éva enttäuscht, «legen sie dir keine roten Ostereier ins Nest!»

Mutter versuchte, mich zu verteidigen.

«Liebe Évi, er ist gerade erst drei geworden!»

Bei Tante Éva, die mit ihrem Mann oben auf dem Berg wohnte, gab es außer den Hasen keine Spielsachen. Die beiden lebten von ihrer Angorazüchtung.

Wir blieben nie lang. In der Straßenbahn auf dem Heimweg ließ ich mich zu der Frage hinreißen, ob Tante Éva ein Hase wäre.

«Wie kommst du denn darauf?», fragten meine Eltern lachend.

«Ihre Nase sieht so aus. Und sie hat zwei Hasenohren.»

Sie blickten mich verständnislos an. Dann erriet Mutter, dass ich die zwei langen, geflochtenen Zöpfe ihrer Schwester für Hasenohren hielt.

Tante Kati war ganz anders. So wie mit ihr konnte man mit niemandem Fangen spielen. Ihr lautes Lachen schallte durch das Haus, wenn sie vor mir davonlief und ich sie finden musste.

«Ich weiß nicht, wer von euch beiden schlimmer ist», pflegte Mutter zu sagen.

Tante Kati wälzte sich mit mir auf dem Boden, hielt mich hoch in die Luft und rief:

«Du Ági, ich will auch so einen!»

Als sie uns das letzte Mal in der Eötvösstraße besuchte,

war sie von Kopf bis Fuß in Schwarz gekleidet und trug einen kleinen Hut mit einem schwarzen Schleier. Mutter stieß einen Schrei aus, als sie sie erblickte.

«Mach dir doch nicht ins Hemd!» Tante Kati ließ ein spöttisches Lachen hören und blinzelte mir zu. «Es ist nur wegen euch – für den Fall, dass das Haus bewacht wird. Dann haben sie nichts weiter gesehen als eine trauernde Witwe, und die interessiert sie einen Sch... Entschuldigung, jetzt ist mir fast etwas herausgerutscht.»

Sie hatte zwei kahle Zweige mitgebracht.

«Komm, wir fechten!», rief sie mir zu.

Unser langer Flur war dafür ideal. Man konnte angreifen oder auch mal zurückweichen. Als ich ihr den Degen aus der Hand schlug, rief sie anerkennend:

«Du, Ági, dein Sohn ist ein wahrer Fechtmeister!»

Dann standen die beiden lange in der Küche und unterhielten sich neben dem kalten Herd. Tante Kati erklärte etwas von einem Untergrund, in dem sie sich von nun an aufhalten wollte. Mutter machte ihr Vorhaltungen. Sie solle doch an die Eltern denken. Tante Kati wurde für einen Moment ungewöhnlich ernst.

«Genau das tue ich ja!»

Sie gab mir einen Stupser auf die Nasenspitze: «Was gibt es Neues, mein Junge? Musst du deine Nase überall reinstecken?»

Sie warf einen Blick auf ihre Uhr.

«Ich muss los. Bei einem konspirativen Treffen darf man sich nicht verspäten.»

Sie stürmte davon.

Mitten in die lähmende Stille hinein ertönte plötzlich Großmutter Iréns lautes Beten. Sie hielt das Kruzifix, das an einer Kette um ihren Hals hing, vor ihr Gesicht und sprach das Vaterunser. Dann wandte sie sich plötzlich an Großvater Zsiga und schrie: «Sie alter Gottesleugner! Behaupten Sie noch immer, es gäbe keinen Gott?»

«Irénke, bitte», versuchte Hévey sie zum Schweigen zu bringen, aber sie hörte ihn gar nicht.

«Über dem Kopf meines Sohnes wurde ein ganzes Haus zu Schutt und Asche gebombt, aber er lebt noch immer! Der liebe Gott liebt mich eben. Mir zuliebe hat ihn unser Herr Jesus gerettet!»

«Irénke, ich bitte Sie sehr», unternahm Hévey noch einen vergeblichen Versuch.

«Schauen Sie sich den gelehrten Schwiegervater meines Sohnes an! Er glaubt nicht an Gott und hat über mich und meinen Glauben immer nur gespottet! Er hatte einst vier Töchter, Ehrwürdiger Vater. Doch von wie vielen kann er heute mit Gewissheit behaupten, dass sie noch am Leben sind? Von einer einzigen! Gott beschirmt diejenigen nicht, die ihn lästern! Und die seinen eingeborenen, heiligen Sohn ans Kreuz geschlagen haben …»

«Mutter!»

Vater versuchte, sie von Großvater wegzuziehen, damit sie ihm ihre Worte nicht aus nächster Nähe ins Gesicht schleudern konnte. Doch seine Mutter riss sich mit einer ungestümen Bewegung von ihm los und ging wieder auf Großvater zu.

«Wie oft musste ich mir anhören, dass es keinen Gott gibt! Dass seine Existenz nicht bewiesen ist! Hier ist nun der Beweis, Zsiga! Mein Kind lebt, weil Gott es so will! Wo aber sind Ihre Töchter?»

Die Luft ging ihr aus, und sie verstummte für einen Augenblick. Zu meiner maßlosen Überraschung ergriff jetzt Mutter das Wort. Sie sprach leise, aber ihre Stimme klang hart.

«Ich könnte zu all dem auch etwas sagen, Schwiegermutter! Bitte zwingen Sie mich nicht, es zu tun!»

Großmutter Irén geriet vollends aus der Fassung. Sie schnappte nach Luft, und ihre Augen quollen hervor.

«Haben Sie verstanden, Mutter?», stieß Vater hervor, und mir wurde plötzlich klar, warum Großmutter nicht in ihr übliches Toben ausbrach: Es konnte nur mit diesem Nachmittag zusammenhängen, als sie Mutter mit einem Koffer in den *Tattersall* hatte schicken wollen. Hätte sie es getan, hätte Großvater Zsiga heute noch eine Tochter weniger.

Wenn es nach Großmutters Willen gegangen wäre.

8

Er friert – er ist müde – er hat Hunger – er friert – er ist müde – er hat Hunger.

Wie eine Losung wiederholte ich unablässig diese Worte, seit wir den Friedhof betreten hatten – ganz im Stillen natürlich und nur für mich, denn ich hatte das Gefühl, hier gehöre es sich nicht, laut zu sprechen. Aber dennoch: Er friert – er ist müde – er hat Hunger.

Ich hielt erst inne, als sich ein paar merkwürdige alte Herren aus der Menschenmenge lösten und nach vorne traten. Sie trugen schwarze Mäntel. Wie auf ein verabredetes Zeichen hin bildeten sie einen Kreis um das Grab und fassten sich über Kreuz an den Händen, sodass ihre Arme vor dem Körper ein X bildeten. Während dieses Rituals murmelten sie leise vor sich hin. Ich verstand ihre Worte zwar nicht, aber in meinen Ohren klang es wie: Er friert – er ist müde – er hat Hunger.

«Na bitte», sagte ein Mann hinter mir. «Das sind Maurer.»

Jemand antwortete ungehalten: «So ein Schwachsinn! Hier wird ein Professor beerdigt.»

Doch der Erste ließ sich nicht beirren: «Sie sind selber schwachsinnig! Freimaurer sind das, verstehen Sie? Die veranstalten diesen Zirkus.»

Wir, die Familienmitglieder, standen ganz vorne und konnten alles genau beobachten. Allerdings waren auch wir den Blicken all dieser Fremden schutzlos ausgeliefert. Deshalb durfte ich meine Hände nicht in die Manteltaschen stecken, obwohl meine Finger vor Kälte ganz steif waren.

«Nimm die Hände aus den Taschen, mein Bärchen», flüsterte mir Vater zu. «Das gehört sich doch nicht.»

«Aber mir ist so kalt!», gab ich ebenfalls im Flüsterton zurück und musste ausnahmsweise Großmutter Irén recht geben, die mich mit Pullover und Schals winterfest hatte einpacken wollen. Vater hatte das in doppelter Hinsicht unangemessen gefunden: Erstens wäre der Pullover zu dick, zweitens zu unansehnlich, war er doch ein Flickwerk aus Wollresten in zahllosen verschiedenen Farben und Qualitäten.

«Mir geht es einfach nicht in den Kopf, warum man ein neunjähriges Kind zu einer Beerdigung mitschleifen muss», hatte Großmutter gemurrt, während sie mich anzog. «Wenn es wenigstens eine ordentliche Trauerfeier wäre, aber so! Du willst doch sicher nicht mit, oder?» Sie versuchte ein neckisches Augenzwinkern. «Zu Hause hättest du es viel schöner. Ich würde eine Bettlertorte für dich backen. Also, was meinst du?»

Bei jeder anderen Gelegenheit wäre ich einer solchen Versuchung mit Sicherheit erlegen. Der dunkelbraune Teig enthielt zwar viel Luft, schmeckte aber eindeutig nach Kakao. Nach dem Backen musste man ihn waagerecht durchschneiden, dick mit Aprikosenmarmelade bestreichen und warten, bis sie gut eingezogen war. War es dann endlich so weit, hätte ich am liebsten die ganze Torte auf einmal hinuntergeschlungen. Jetzt aber schüttelte ich den Kopf.

«Ich möchte zum Friedhof gehen.»

Großmutter Irén gab nicht auf. Sie wandte sich in vorwurfsvollem Ton an Vater.

«Schau nur, seine Schuhsohlen sind voller Löcher. Lass ihn doch wenigstens die Stiefel anziehen.»

Vater wollte nichts davon wissen.

«Das kommt überhaupt nicht in Frage! In denen sieht er aus wie ein Landstreicher. Außerdem ist es Frühling, Mutter. Schon der Wintermantel ist übertrieben, aber was soll's.»

Nun war Großmutters Geduld zu Ende. Sie schrie: «Schon gut! Riskiere doch, dass sich dein Sohn eine Erkältung holt! Hast du schon vergessen, dass er von seiner lieben Mutter eine gefährliche Blutarmut geerbt hat? Bei seinen anfälligen Bronchien handelt er sich ganz leicht eine Lungenentzündung ein. Dann können wir mit ihm von Krankenhaus zu Krankenhaus pilgern. Ist es das, was du willst?»

«Müssen Sie denn immer gleich das Schlimmste heraufbeschwören, Mutter?», fragte Vater missmutig. «Sie wissen ganz genau, dass wir zu dieser Beerdigung gehen müssen, also tun wir das auch!»

Er schaute mich an, und ich nickte beflissen.

Für mich kam es deshalb schon nicht in Frage, zu Hause zu bleiben, weil Mutter sicher auf dem Friedhof sein würde. Im Laufe der letzten drei Monate hatte ich sie nur ein einziges Mal gesehen. Damals war sie am Morgen gekommen und musste am Abend wieder zurück nach Miskolc. Diesmal jedoch konnte ihr niemand verbieten zu kommen, und ich wollte von der ersten bis zur letzten Minute mit ihr zusammen sein. Schon am Vorabend hatte ich angefangen, auf sie zu warten. Warum sollten sie sie nicht schon früher gehen lassen? Für die machte es sicher keinen Unterschied, ob sie dort übernachtete oder nicht. Mir hingegen machte das sehr viel aus.

Ich versuchte, wach zu bleiben. Auf keinen Fall wollte ich ihre Ankunft verschlafen. Am Morgen wartete ich noch immer und auch den ganzen Vormittag. Ich lief hundertmal durch die Wohnung, um nachzusehen, ob irgendein Lärm im Treppenhaus ihre Ankunft ankündigte. Spätestens zum Mittagessen musste sie da sein, da gab es keinen Zweifel. Ohne sie würde die Kohlrabisuppe nicht schmecken.

Auch Vater war mittlerweile ganz unruhig geworden und eilte immer wieder in den Flur hinaus. Nur Großmutters Stimmung stieg, je mehr die Zeit verstrich.

«Wenn Ágilein nicht kommt, dann geht ihr beiden auch nicht hin, nicht wahr?», fragte sie hoffnungsvoll.

Genau in diesem Moment stürzte Mutter zur Tür herein. Völlig außer Atem rief sie: «Das Taxi wartet unten, beeilt euch!»

«Taxi!», sagte Großmutter. «Euch geht's wohl zu gut!»

Für mich war Taxifahren etwas ganz Besonderes – ich konnte an einer Hand abzählen, wie oft ich in meinem bisherigen Leben überhaupt in einem Auto gesessen war.

«Wir müssen um halb drei am Friedhof sein», sagte Mutter zum Chauffeur.

Obwohl ich für mein Leben gern vorne saß, mit Blick auf den Tachometer und die Pedale und die anderen geheimnisvollen Instrumente, zwängte ich mich jetzt auf den Rücksitz zwischen meine Eltern.

«Möchte der junge Mann nicht vorne sitzen?», fragte der betagte Fahrer und zwinkerte mir zu. Doch der junge Mann wollte nicht. Er wollte lieber im Fond zwischen seinen Eltern eingezwängt sein und rechts die Körperwärme seiner Mutter, links die seines Vaters spüren. Er wollte das Wunder genießen, dass beide gleichzeitig da waren und über seinen Kopf hinweg vertraut miteinander plauderten, ohne Großmutter Iréns Einmischungen fürchten zu müssen.

«Frau Axel wollte mich gar nicht fortlassen», erzählte Mutter erregt. «‹Glaubst du nicht, Genossin Nyerges›», begann sie und ahmte sogar die blecherne Stimme der uns unbekannten Frau Axel nach, «‹glaubst du nicht, dass du deine privaten Angelegenheiten denen des Kollektivs hintanstellen solltest?›

‹Nein, das glaube ich nicht›, habe ich Frau Axel geantwortet. Die Beerdigung meines Vaters ist doch nicht irgendeine private Angelegenheit! Ich habe ihr jedenfalls gehörig die Meinung gegeigt. ‹Du, Genossin Axel›, habe ich zu ihr gesagt, ‹du hast offensichtlich keinen blassen Schimmer, wer mein Vater war. Die ganze kommunistische Bewegung ist durchsetzt von Schülern des Dr. Zsigmond Fülöp. Ganz zu schweigen davon, dass Genosse Szakasits an seinem Grab sprechen wird.› Ich dachte, das würde Eindruck machen, aber keineswegs! Sie meinte nur, darauf kämen wir noch im nächsten kommunistischen Seminar ‹Kritik und Selbstkritik› zurück. Und auch darauf, dass ich innerhalb von drei Monaten schon zum zweiten Mal nach Budapest fahren würde, obwohl jeder nur einmal abwesend sein dürfe. Ich solle doch bitte an meinen Studienkreis denken und an mein Referat über die opportunistischen Taktiken der Menschewiken im Jahre 1907. Ich darauf: ‹Stell dir vor, Genossin Axel, an den Kreis denke ich jetzt nicht! Mein Vater ist gestorben, und ich denke nur an ihn.› Ihr war das alles vollkommen gleichgültig! Sie meinte nur, und ließ damit endlich die Katze aus dem Sack, man würde mir meine sozialdemokratische Vergangenheit deutlich anmerken. Was ich mir da herausnähme, wäre typische sozialdemokratische Mentalität und Egoismus.»

Sie hatte Tränen in den Augen.

«Sie hatten mir versprochen, nie daran zu rühren», rief sie, während sie versuchte, ihre Tränen niederzukämpfen. «Als ich siebenundvierzig zu den Kommunisten übertreten wollte, hatten sie mir gesagt, ihnen wäre ein Linker bei den Sozialdemokraten lieber als ein neues Mitglied. Warum werfen sie mir jetzt vor, bei den Sozialdemokraten gewesen zu sein?»

Sie schaute Vater mit einem flehentlichen und zugleich auffordernden Blick an. Sie hoffte auf seine Unterstützung, aber er schüttelte nur den Kopf.

«Du gehst die ganze Sache mit der falschen Einstellung an. Es ist nun einmal Tatsache, dass wir beide Sozialdemokraten waren.»

Mutter wurde wütend.

«Ausgerechnet du sagst das!»

«Ja, ich», seufzte Vater. «Denn auch ich habe einsehen müssen, dass man uns die sozialdemokratische Gesinnung anmerkt, ob wir uns dessen bewusst sind oder nicht. Es hat keinen Zweck, deswegen beleidigt zu sein. Schließlich schicken sie dich deshalb auf die Parteischule, Liebling, damit du das alles ablegst!»

Das Taxi hielt. Vater zahlte, Mutter stieg schmollend aus. Sie hatte zwar den Kürzeren gezogen, aber sie würde ihre Meinung schon noch kundtun!

Der Chauffeur steckte seine rechte Faust durchs offene Fahrerfenster und rief: «Seid nett zueinander. Lasst euch von einem alten Hasen sagen, dass es die Sache nicht wert ist, sich deshalb zu streiten!»

Mutters düsteres Gesicht hellte sich zwar etwas auf, doch aus ihrer Kehle drang ein rohes Lachen. Es klang wie Gebell. Vater drehte sich erschrocken nach ihr um.

«Ági, denk daran, wo wir sind!»

Mutter besann sich und erblasste. Sie ergriff Vaters Arm.

«Du, Bandi, der Kranz …»

«Ich habe mich darum gekümmert», beruhigte er sie.

«Hast du alle Namen draufschreiben lassen?», fragte Mutter.

«Natürlich», sagte Vater und strich mir über den Kopf. «Nun aber los, sonst kommen wir zu spät.»

«Ich habe nicht von ihm gesprochen», sagte Mutter noch, aber das hörte nur ich.

Gleich am Eingang erblickten wir eine solche Menge von Menschen, wie ich sie noch nie gesehen hatte. Ich hätte mich gern an meine Eltern geklammert, aber selbst im Gänsemarsch war es kaum möglich, sich einen Weg zu bahnen. Wir wurden von allen Seiten angestarrt, und alle tuschelten über uns. Ich wagte es nicht, meinen

Blick zu heben, und wäre am liebsten in den Erdboden versunken.

«Das ist seine Tochter.» Jemand wies mit dem Finger auf Mutter.

«Und wo ist Magda, seine andere Tochter?»

«Magda ist schon hineingegangen.»

«Wer ist denn der Mann? Ist sie verheiratet?»

«Ich glaube schon.»

Es schien niemanden zu kümmern, ob wir hörten, was gesprochen wurde. Es dauerte eine kleine Ewigkeit, bis wir die wenigen Stufen dorthin erklommen hatten, wo Großmutter Margit stand. Die Stimmen umschwirrten uns noch immer.

«Ist es wahr, dass er auf dem Klo gestorben ist?», fragte jemand.

«Ja, das stimmt. Sie haben ihn auf der Schüssel gefunden.»

Den Besitzer dieser Stimme hätte ich mir gerne genau angeschaut und ihm nach Möglichkeit einen Tritt gegen das Schienbein versetzt.

Endlich waren wir dort oben angelangt, wo Großmutter stand. Ihre Augen waren vom Weinen gerötet, und ich hätte mich gern an sie geschmiegt, aber man hielt mich zurück.

Wir waren Teil einer langen, langsam vorwärtsschreitenden Menschenschlange. Alle küssten Großmutter rechts und links auf die Wange oder drückten ihr die Hand. Dann warfen sie ihre mitgebrachten Blumen und kleineren Kränze auf einen Haufen und wurden sogleich wieder von der Menge verschluckt.

Mir war es unbegreiflich, warum wir so tun mussten, als wären auch wir Fremde. Ich empfand nicht die geringste Lust, Großmutter zu küssen. Viel lieber hätte ich mich versteckt, aber so etwas war hier nicht gestattet.

«Schau, da liegt unser Kranz», sagte Vater. Zwischen den vielen Blumen konnte man die Aufschrift kaum erkennen, doch gerade der Abschnitt ‹… sein Enkel András› war klar zu sehen.

Es machte mich furchtbar wütend, wie Mutter unablässig nur davon sprach, wer alles von Großvaters einstigen Freunden, Kollegen und Studenten gekommen war. Einen von ihnen hatte ich bei den Freimaurern gesehen, die am Grab die Kette gebildet hatten.

«Schau nur, der Supka!», rief Mutter enthusiastisch. «Das ist aber schön, dass er gekommen ist!»

Vaters Blick verriet, dass er nicht verstand, was Mutter meinte.

«Doch, natürlich», beantwortete Mutter die unausgesprochene Frage. «Vater und er waren an die fünfzig Jahre befreundet gewesen. Aber nach dem Krieg hatte Vater seine Mitgliedschaft in der Loge aufgegeben und war auch der PDP nicht beigetreten. Er hat sich immer nur über sie lustig gemacht und sie die WKP – Winzig Kleine Partei – genannt. Seitdem haben sie nicht mehr miteinander geredet, aber jetzt ist er gekommen. Das ist doch wundervoll, oder?»

Plötzlich stand Tante Magda vor Vater.

«Bandi, sei so gut, und greife du ein als Mann. Es ist ein Pastor aufgetaucht, der sich nicht bändigen lässt. Er möchte unbedingt eine Rede halten.»

Vater hob die Augenbrauen.

«Ein Pastor? Wo kommt der denn her?»

Ich folgte Vater, der den Mann in der Menge sogleich fand, obwohl er gar kein Ornat trug.

«Schauen Sie, Pater», begann er, wurde aber sogleich unterbrochen.

«Bei uns Evangelischen lautet die Anrede Euer Ehren.»

«Also schauen Sie, Euer Ehren. Hier wird gerade mein Schwiegervater beerdigt. Sie haben offenbar nicht die geringste Ahnung, wer er war.»

Der Pastor ließ sich nicht aus der Ruhe bringen.

«In unserem Gemeinderegister ist er als Mitglied unserer Kirche eingetragen.»

Nun fiel ihm Vater ins Wort.

«Das kann ich mir nicht vorstellen! Er war nicht nur Atheist, sondern auch konfessionslos, verstehen Sie?»

«Da irren Sie sich», widersprach der Pastor. «Es existiert diesbezüglich eine Urkunde vom Oktober 1903.»

«Ja, damals ist er konfessionslos geworden. Er ist aus Ihrer Kirche ausgetreten», warf Tante Magda ein.

Nun war wieder Vater an der Reihe.

«Passen Sie mal auf. Mein Schwiegervater war Redakteur der Zeitschrift *Darwin*. Sagt Ihnen das nicht schon genug? Er hat testamentarisch festgelegt, dass er bei seiner Beerdigung keinen Pfarrer wünscht, verstehen Sie, keinen Pfarrer! Er hat Sie und Ihresgleichen verabscheut ...»

«Ich bitte Sie!» Der Pastor legte seine Hand beschwichtigend auf Vaters Arm. «Der Verstorbene war möglicherweise nicht mehr im Vollbesitz seiner geistigen Kräfte, als er das festlegte. Es ist deshalb unsere Pflicht ...»

Vaters Stimme schwoll bedrohlich an.

«Sie wollen doch damit sicherlich nicht sagen, dass mein Schwiegervater verblödet war?»

Er ergriff den Mantel des Pastors.

«Bedenken Sie gut, was Sie sagen! Ich habe in meinem Leben nur wenige Menschen so verehrt wie meinen Schwiegervater. Und wenn Sie seinen letzten Weg stören, dann kann ich bei Gott nicht mehr für mich garantieren!»

Ich platzte schier vor Stolz, als ich den beiden zuschaute. Dass Vater den Mut hatte, so zu sprechen! Es freute mich, dass er Großvater verteidigte und nicht Großmutter Iréns Meinung über ihn teilte. Hätte er doch damals mit Hévey auch so gesprochen, als der die Hähnchenkeulen aus unserer Suppe gefressen hatte! Für mich, seinen Sohn, war keine einzige übrig geblieben! Doch damals war er nur darauf bedacht gewesen, dass beim Besuch des Pfarrers alles glattlief und seine Mutter keinen Anlass zur Klage hätte. Das war inzwischen fünf Jahre her, und vor fünf Jahren hatte sich Vater von einem Priester noch beeindrucken lassen. Heute war das anders.

Mir fiel ein, dass es mir selbst auch nicht anders ging. Auch ich hatte lange Zeit Großmutters Befehle befolgt und mich eines Morgens um acht Uhr zur Erstkommunion in der Kapelle in der Vörösmartystraße eingefunden, und zwar mit leerem Magen. Um neun Uhr brach ich dann mit den Pionieren zu einem Ausflug auf. Auf dem Weg zur Kirche zog ich mein blau-rot gestreiftes Halstuch der Pioniere aus und versteckte es. Später musste ich die kirchliche Urkunde verstecken, die die Teilnahme an der Erstkommunion belegte. Mein einziger Protest bestand lediglich darin, dass ich die Hostie zerkaute, anstatt sie hinunterzuschlucken.

Das alles lag einige Monate zurück. Letzte Woche hingegen hatte ich mich schlichtweg geweigert, mit Großmutter zum Hochamt zu gehen.

«Lass mich in Ruhe mit dem Schwachsinn!» Auch ich hatte inzwischen keine Angst mehr vor Gottes Strafe.

«Ich hoffe, Sie werden das im Nachhinein nicht bereuen», sagte der Pastor beleidigt und trat den Rückzug an.

Tante Magda war so klein von Statur, dass sie hochhüpfen musste, um Vater einen Kuss auf die Wange zu drücken.

«Das war erste Sahne, Schwager!»

Wieder bei den anderen angelangt, begann sie Mutter ausführlich zu schildern, wie wir den Pastor losgeworden waren.

Voller Ungeduld wartete ich darauf, dass endlich etwas geschah, denn das Herumstehen wurde langweilig. Es herrschte eine tiefe Stille, die auf mich keine gute Wirkung hatte. In meinem Hals bildete sich ein Kloß, den ich vergeblich hinunterzuschlucken versuchte. Um aber nicht in Tränen auszubrechen, hätte ich ihn dringend schlucken müssen. Ich konnte meine Gefühle niemandem mitteilen, denn obgleich die Erwachsenen ohne Unterlass miteinander flüsterten, mahnten sie mich sofort zur Ruhe, wenn ich etwas sagen wollte.

Endlich ging jemand nach vorne, um «im Namen der Studenten» eine Abschiedsrede zu halten. Doch statt von Abschied sprach er nur davon, dass Großvaters ganze Familie in Hódmezővásárhely bereits zur Legende geworden war. Er sprach lange von einem Samuel Pressburger, der vor zweihundert Jahren den Knauf des Kirchturms so gut habe vergolden lassen, dass es bis heute hielt. Darüber geriet ich ins Grübeln. Wozu brauchte ein Kirchturm einen Knauf? Genau das sei es, fuhr der Redner fort, wodurch sich alle Kinder und Kindeskinder dieses Samuel Pressburger – die irgendwann den Namen Fülöp angenommen haben – auszeichneten: Alles, was sie anpackten, habe Hand und Fuß. Viele unter ihnen hätten den Beruf der Uhrmacher und Goldschmiede ergriffen. Beim Stichwort Goldschmied begaben sich meine Gedanken wieder auf Wanderschaft. Soviel ich wusste, war Großvater Professor und Schriftsteller gewesen. Er hatte nie davon gesprochen, Goldschmied gewesen zu sein. Hier musste ein Geheimnis verborgen sein, obwohl er vor mir keine Geheimnisse hatte. Und welch merkwürdiger Zufall, dass wir, die Familie Nyerges, ausgerechnet in der Eötvösstraße* wohnten. Waren wir aus diesem Grund dorthin gezogen?

Beim Gedanken an die Eötvösstraße meinte ich plötzlich, den feinen Duft von Großmutter Iréns Bettlertorte zu riechen. Meine Nasenflügel bebten, mein Magen knurrte laut. Ich sah die blau flackernden Gasflämmchen des Backofens vor mir. Großmutter zog das Backblech heraus und stach mit einer Stricknadel in den Teig. Wäre ich doch bei ihr geblieben! Während sie sich hinunterbeugte, um zu prüfen, ob er durchgebacken wäre, würde ich meinen gebeugten Zeigefinger schnell in das bereitgestellte Marmeladenglas tauchen und versuchen, mit einer einzigen Bewegung so viel Marmelade wie möglich herauszufischen, denn für ein zweites Eintauchen würde die Zeit nicht reichen.

---

* ötvös = Goldschmied (Anm. d. Übers.)

Wenn sie sich dann wieder aufrichtete, würde ich sie mit Unschuldsmiene anschauen: Ich und Marmelade naschen?

Ich ließ mich so sehr von diesen Bildern hinreißen, dass ich ein schlechtes Gewissen bekam: Ich hatte von den Reden nichts mitbekommen. Als ich aus meinen Träumen zurückkehrte, sprach bereits ein anderer, noch älterer Mann, und ich verstand noch weniger als vorhin beim Kirchturmknauf. Nur eines war ganz offensichtlich: Der Mann war wegen Großvater sehr wütend auf jemanden. Er schimpfte wild gestikulierend und sagte, er könne es nicht verstehen, warum heutzutage jemand nicht mehr geschätzt werde, der im Mai 1914 zu den Gründern der Radikalen Partei gehört habe. Warum müsse das totgeschwiegen werden? Und warum sei seine Mitgliedschaft im Nationalen Rat nie gebührend gewürdigt worden?

Plötzlich flüsterte mir Mutter ins Ohr: «Wenn du wissen willst, wer dein Großvater gewesen ist, dann hör gut hin.»

«Unser Zsiga war fälschlicherweise immer wieder beschuldigt worden, darwinistischer als Darwin gewesen zu sein», rief der zornige Redner mit dröhnender Stimme. «Doch in Wahrheit hat er nur eine Zeitschrift mit dem Namen *Darwin* mit seinem Gehalt finanziert. Dafür hat er zwanzig Jahre lang auf der schwarzen Liste gestanden!»

«Ich weiß, wer Großvater gewesen ist», erwiderte ich auf Mutters Bemerkung. Meine Stimme verriet, dass ich kurz davorstand loszuweinen. «Ich weiß es besser als die da alle.»

«Schäm dich», sagte Mutter nur, und selbst Tante Magda ermahnte mich, still zu sein.

Ich war so verletzt, dass ich von den weiteren Reden kein

einziges Wort mehr aufnahm. Schließlich waren nicht diese Leute monatelang jeden Vormittag mit Großvater im Wald spazieren gegangen – sondern ich! Nicht sie hatten mit ihm in der Wohnung in der Kútvölgyi Lejtő Nummer 1 gewohnt, die meine Großeltern statt der zerstörten in der Ostromstraße zugewiesen bekommen hatten – sondern ich!

1946 hatten meine Eltern zum wiederholten Male vergeblich versucht, für mich einen Sanatoriumsaufenthalt zu erwirken. Doch unser Hausarzt Dr. Fritsch meinte, wegen meiner anfälligen Bronchien müsste mindestens dafür gesorgt werden, dass ich nicht den Ruß des Westbahnhofs einatmen müsse. Und er fragte, ob wir nicht Freunde in Buda hätten, bei denen ich ein paar Monate bleiben könnte.

«Die Wohnung der Großeltern in der Kútvölgyi Lejtő wäre fantastisch! Etwas Besseres könnte man sich gar nicht wünschen», sagte er zufrieden.

Diese Leute hier konnten nicht wissen, dass Großvater manchmal heimlich in die Küche schlich, um sich eine dicke Scheibe Brot abzuschneiden. Dass er sich das weiche Innere hastig in den Mund stopfte, als wollte er dadurch die Spuren seiner Tat beseitigen. Dass er aber auf der dunklen und dicken Rinde mit wollüstigem Gesichtsausdruck herumkaute, sie gleichsam zerlutschte und dabei die Augen schloss, damit ihn nichts von seinem Genuss ablenken konnte.

Warum die Geheimnistuerei, fragte ich ihn, während wir miteinander spazieren gingen. Und er antwortete mir nicht wie einem Kind, dass es mich nichts angehe und ich es sowieso nicht verstehen würde, sondern erklärte mir geduldig, wie ihm seine Gesundheit zu schaffen machte. Was für sein Herz gut war, durfte er wegen seiner Zuckerkrankheit nicht essen und umgekehrt. Hin und wieder äußerte er die Befürchtung, seine Erklärungen wären zu kompliziert, doch wenn ich einmal groß wäre und immer noch daran interessiert, könnte ich alles in seinen Büchern nachschlagen. Eines Tages würden sie sowieso mir gehören. Jedenfalls war ihm alles Angenehme verboten: Er durfte keinen Kaffee trinken und auch nicht Pfeife rauchen. Er durfte sich nicht einmal kratzen, wenn es ihn irgendwo juckte.

«Siehst du, es ist alles verboten, was im Leben gut ist», sagte er traurig.

«Aber ich bin nicht verboten, und ich bin hier bei euch», sagte ich, um ihn zu trösten.

Er hob mich lachend hoch, genau wie früher, setzte mich aber bald wieder ab.

«Auch das ist nicht erlaubt», sagte er. «Ich darf nichts Schweres heben.»

Er schlug mir gegenüber nie den Ton an, den Erwachsene in der Unterhaltung mit einem Kind oft anschlagen. Ich hatte immer das Gefühl, dass er mich für voll nahm. Und wenn er spürte, dass ich Fragen hatte, gab er mir unaufgefordert Auskunft.

«Weißt du, ich bitte dich nicht deshalb, vor Großmutter dichtzuhalten, weil sie mir jemals irgendetwas geneidet hätte», erklärte er. «Aber Margit hat einfach ein loses Mundwerk und kann nichts für sich behalten.»

Inzwischen waren wir zu Hause angekommen, und Großvaters Stimme wurde zu einem Flüstern.

«Das mit dem Brot würde sie auch sofort ausplaudern, und dann müsste ich wieder ins Krankenhaus …»

«Was würde ich ausplaudern?»

Mir stockte der Atem. Hatte Großmutter alles gehört? Was würde jetzt passieren? Aber Großvater geriet nicht einmal in Verlegenheit.

«Ich habe dem Kind nur gesagt, dass du kein Geheimnis für dich behalten kannst.»

«Ja, schon, aber was war das mit dem Mundwerk?», wollte Großmutter wissen.

«Dass du ein loses Mundwerk hast, habe ich gesagt.»

Sie war sichtlich erleichtert.

«Ich dachte schon, ihr hättet eines meiner Geheimnisse entdeckt. Im Übrigen habe ich nur einen dicken Hintern, aber kein loses Mundwerk!»

Großvater hörte ihr nicht mehr zu. Er marschierte Richtung Küche und schnupperte aufgeregt.

«Du, Margit», fragte er, «das Mittagessen soll eine Überraschung werden, nicht wahr?»

Großmutter protestierte entrüstet.

«Das ist ungerecht! Wie konntest du das erraten! So ein Mist!»

Großvater schnüffelte ohne Unterlass.

«Das ist irgendein Braten. Du hast ein Tauschgeschäft tätigen müssen, denn für Geld bekommt man kein Fleisch. Du hast eine … warte mal, du hast eine … eine Ente besorgt! Was hast du dafür hergeben müssen?»

Großmutter schmollte und lachte gleichzeitig. Aber ihre Miene strahlte vor Stolz.

«Wie soll man vor dir auch Geheimnisse hüten? Du errätst doch immer alles! Doch jetzt nimm zur Kenntnis, Zsiga, dass ich dir nicht verraten werde, was ich hergegeben habe.»

«Ist es ein Lebewesen?»

«Nein.»

«Ein Gegenstand?»

«Wie man's nimmt.»

«Ein Begriff?»

«Auch.»

«Margit, gib ordentliche Antworten. Entweder ist es ein Gegenstand oder ein Begriff!»

Großmutter versuchte sich zu verteidigen.

«Wie soll ich denn meinen Fuchskragen …»

Sie stockte, und Großvater brauste auf.

«Wie? Deinen Fuchskragen? Doch nicht den blauen …?»

«Einen anderen habe ich nicht.»

«Du warst fähig, den Fuchskragen, den Magda aus den Trümmern unserer Wohnung gerettet hat, für eine … eine Ente zu verscherbeln?!»

«Ja, damit ihr endlich etwas Ordentliches zu essen bekommt!»

«Aber wieso hast du gesagt ‹wie man's nimmt›?»

«Ach, Zsiga, der Fuchspelz war doch schon ganz abgewetzt und voller Löcher. Allein deshalb haben ihn die Plünderer liegen gelassen.»

«Und was sollte das ‹auch› beim Begriff?»

«Erinnerst du dich nicht? Die Sala Beck hat 1937, als wir das letzte Mal bei ihnen waren …»

«Das war '39.»

«Dann eben '39. Sie hat jedenfalls gesagt, dass mein Fuchskragen bereits im ganzen Viertel ein Begriff sei. Der finde von allein den Weg ins Pfandhaus und wieder zurück …»

«Hast du die Ente wenigstens karamellisiert?»

«Das geht nicht wegen deines Zuckers, das weißt du doch. Ich dachte, du freust dich über die Überraschung …»

«Ich freue mich ja auch. Aber trotzdem: einfach so den Fuchskragen herzugeben!»

«Was heißt da einfach so! Ich konnte froh sein, dass ich eine ganze Ente dafür bekommen habe! Letzte Woche hat mir die Marktfrau noch ins Gesicht gelacht, als ich ihr vierzig Millionen Tripelpengő geboten habe.»

Großvater sagte nichts mehr. Er trat zu Großmutter und legte seinen Kopf sanft in die Mulde zwischen ihren weich gepolsterten Schultern und ihrem Kinn. Großmutter lächelte mir über seinen Kopf hinweg verlegen zu.

Ich allein war Zeuge solcher Augenblicke gewesen, und keiner dieser Redner hier. Was konnte einer über Großvater schon wissen, wenn er so etwas nicht wusste?

Vater legte seine Hand auf meine Schulter.

«Komm, wir gehen!»

Ich hatte gar nicht bemerkt, dass man den Sarg samt den Blumen und den Kränzen angehoben hatte. Die Menschen setzten sich in Bewegung und bildeten für uns eine Gasse.

«Wohin gehen wir denn?», fragte ich flüsternd.

«Na, wohin sollten wir schon gehen?», antwortete Vater unwillig, besann sich aber, als ihm einfiel, dass ich das in der Tat nicht wissen konnte.

«Wir gehen zum Grab», antwortete er. «Und dort unterhält man sich nicht.»

Er trat vor, um meine schluchzende Großmutter Margit zu stützen, und gab mir ein Zeichen, ich solle mich um Mutter kümmern. Sie stand hinter mir und schien nichts zu sehen, nichts zu hören. Ich reichte ihr meinen Arm, war aber viel zu klein, als dass sie sich hätte einhaken können. Doch sie nahm meine Hand, drückte sie und sagte ziemlich laut: «Heute begleiten wir Großvater ein letztes Mal.»

Ich blickte mich um, um herauszufinden, an wen sie ihre Worte gerichtet hatte. Die Leute, die mit schmerzverzerrten Gesichtern hinter uns gingen, nickten zustimmend. Mir gefiel das alles nicht.

«Hier unterhält man sich nicht», ermahnte ich Mutter und las die Überraschung in ihrem Gesicht.

«Du hast recht», sagte sie und schwieg dann.

Ich hatte ihr noch nicht verziehen, dass sie laut die Ansicht geäußert hatte, ich wüsste nicht, wer Großvater gewesen sei. Wären nicht all diese Fremden hier gewesen, hätte ich nicht gezögert, ihr vorzuhalten, dass sie sich manchmal selbst so benahm, als wüsste sie es nicht.

An der Schule war der Religionsunterricht als Pflichtfach abgeschafft worden. Man konnte freiwillig hingehen, aber ich hatte mich dafür nicht angemeldet. Großmutter Irén schrieb das natürlich dem schlechten Einfluss meiner Großeltern Fülöp zu, sodass es für den Moment klüger war, ein allzu häufiges Aufeinandertreffen der drei zu vermeiden. So fuhren meine Eltern und ich jeden zweiten Sonntag zu Besuch nach Buda in die Kútvölgyi Lejtő Nummer 1. Es sollte sich möglichst nicht noch einmal wiederholen, was neulich erst passiert war: Fülöps kamen zu Besuch und hatten ihre Mäntel noch nicht abgelegt, als Großmutter Irén auf sie losging.

«Zsiga, dass mein Enkel dem Unglauben verfällt, dabei haben doch Sie die Hand im Spiel! Aber der liebe Gott wird Sie dafür geißeln!»

Großvater bemerkte nur kurz, während er seine Brille putzte: «Selbst wenn ich die Hand im Spiel hätte, was ich aber nicht habe, denken Sie nicht, meine liebe Irénke, dass der liebe Gott mich schon genug gegeißelt hat?»

Als wir später im Zimmer zusammensaßen, wagte er noch einen Versuch, die zeitlichen Zusammenhänge zu klären. Zu der Zeit, als Mutter mich vom freiwilligen Religionsunterricht abmeldete – mein Klassenlehrer hatte mich mit Rücksicht auf Großmutter einfach angemeldet –, habe er doch wochenlang im Johanneskrankenhaus gelegen. Doch Großmutter Irén würdigte ihn keines Blickes und zeterte immer weiter.

«Ihre Versuche, es zu leugnen, sind ganz vergeblich! Ich weiß, was ich weiß.»

Ihre Heftigkeit war uns allen ein Rätsel. Schließlich war sie es gewesen, die zu der Zeit, als der Religionsunterricht noch Pflicht war, Pfarrer Hévey wegen unseres Lehrers Tiszi um Intervention gebeten hatte. Herr Tiszi hatte gleich in der ersten Katechismusstunde alle die Hände auf den Tisch legen lassen und mit einem Rohr, das er plötzlich hervorzog, jedem eins übergezogen. Erst danach ließ er sich die Klassenliste vorlesen.

«Wenn ihr nicht brav seid, kommt noch mehr, ist das klar?», drohte er.

Wenn einer beim Abfragen des siebten Gebots das fünfte hersagte, versetzte er ihm eine solche Ohrfeige, dass er auf dem Ohr tagelang taub war.

«So einer gibt Religionsunterricht!», beschwerte sich Großmutter Irén außer sich vor Wut. «Weiß er denn nicht, was unser Herr Jesus von den Kindern gesagt hat?»

Zwei Wochen wartete sie ab. Als sich aber herausstellte, dass Hévey nicht einmal seinen kleinen Finger gerührt hatte und Tiszis Ohrfeigen weiterhin ungemindert auf uns herniederprasselten, verriet sie uns eines Abends, während sie das Essen servierte, dass sie in der Schule gewesen war.

«Ich habe ihn höchstpersönlich Mores gelehrt, den elenden Sadachisten!»

«Sie meinen Sadisten», warf Mutter ein.

«Du willst schon wieder schlauer sein als ich», fuhr ihr Großmutter über den Mund. «Aber ich weiß sehr wohl, wie man einen Menschen nennt, der Kinder schlägt. So einer soll keinen Religionsunterricht halten! Das habe ich ihm ins Gesicht gesagt! Dort im Lehrerzimmer, vor allen anderen. Er soll doch mich schlagen, wenn er den Mumm hat, aber nicht die armen kleinen Kinder!»

Mutter und ich schauten einander an, sprangen auf und küssten Großmutter rechts und links auf die Wange, bis sie ganz verlegen wurde.

«Schon gut! Jemand musste doch endlich etwas unternehmen!»

Als ein paar Wochen später der Pflichtunterricht abgeschafft wurde, war ich auch nicht bereit, freiwillig hinzugehen.

Doch zur Messe ging ich noch mit Großmutter.

Ich saß auch an dem Sonntag neben ihr, als Pfarrer Hévey von der Kanzel aus den neuesten Hirtenbrief unseres Erzbischofs verlas. Es ging um die Feinde der Kirche.

Mitten in der Lesung begann Großmutter auf einmal laut zu schreien.

«Das ist alles nicht wahr! Die Dinge liegen ganz anders!»

Ihre Freundinnen versuchten sie verzweifelt zu beruhigen.

«Irén, beruhige dich doch, was fällt dir ein? Du bist doch in der Messe!»

Pfarrer Hévey starrte ungläubigen Blickes von seiner Kanzel auf sie herab, als traute er seinen Augen nicht. Großmutter nutzte die entstandene Stille und erhob sich. Das Mittelschiffsgewölbe der Theresienkirche hallte wider von ihrer lauten Stimme. Nicht einmal die Ältesten in der Gemeinde hatten jemals etwas Derartiges erlebt.

«Der Bischof zeichnet ein ganz falsches Bild von den Sozialdemokraten. Die sind nicht so. Mein Sohn ist auch Sozialdemokrat, und er hat nichts, gar nichts gegen Priester. Das wissen Sie selbst ganz genau, Herr Pfarrer.»

Pfarrer Hévey versuchte das Unmögliche: Großmutter auf freundschaftliche Art zu tadeln.

«Setzen Sie sich doch hin, liebe Irénke. Sie befinden sich hier schließlich in einem Gotteshaus.»

Aber Großmutter hatte noch nicht alles ausgesprochen, was sich in ihrem Inneren angestaut hatte. Ihre Banknachbarn versuchten vergeblich, sie wieder auf ihren Platz zu ziehen, sie blieb trotzig stehen.

«Die Kommunisten, die sind gottlose Gesellen, aber mein Sohn betet jeden Tag und trägt ein geweihtes Medaillon über seinem Herzen!»

Letzteres stimmte. Als Vater aufs Land versetzt wurde und seine Sachen packen musste, hatte Großmutter das

Revers seines Sakkos aufgetrennt und zwischen Futter und Wattierung ein Medaillon eingelegt. Dann nähte sie den Kragen mit ein paar Stichen wieder zusammen.

«So! Das wird dich vor jedem Unglück bewahren. Es hat dich auch schon in Vecsés beschützt!»

Vater unternahm einen kraftlosen Versuch, sich zu widersetzen.

«Lassen Sie das, Mutter. Ich kann als Parteisekretär des Komitats nicht diesen Kirchenkram tragen. Sie machen sich keine Vorstellung von der Blamage, sollte das jemand entdecken!»

«Das ist kein Kram, und warum sollte das jemand entdecken,» erwiderte Großmutter. «Aber wenn dir das Sorgen bereitet, so habe ich eine Idee.»

Von irgendwoher zauberte sie eine Anstecknadel hervor: einen kleinen Mann mit einem Hammer. Sie befestigte sie an Vaters Revers, genau über dem Medaillon.

Als wir nach der Messe die Kirche verließen, machten alle einen großen Bogen um uns. Nicht einmal Großmutters Freundinnen erwiderten ihren Gruß. Wir versuchten, durch den Pulk zwischen den Bankreihen zum Ausgang zur Profétastraße und dann in die Sakristei zu gelangen. Dort pflegte Großmutter nach den Gottesdiensten Pfarrer Hévey abzufangen, um mit ihm den Termin für den Häkelnachmittag der Damen abzusprechen. Als er uns aber heute erblickte, machte er über die Köpfe der Umstehenden hinweg ein abwehrendes Zeichen und drehte sich eilig weg.

Erstaunlicherweise verspürte ich ein gewisses Verlangen, meine Loyalität zu Großmutter unter Beweis zu stellen, wusste nur auf die Schnelle nicht, wie ich meinen Gefühlen Ausdruck verleihen sollte. Der Anblick ihrer Freundinnen brachte mich auf eine Idee: Wie oft hatte mich Großmutter vor ihnen als herzloses Balg bezeichnet, der ihr nicht die geringste Freude bereitete. Jetzt nutzte ich die Situation und warf mich ihr vor aller Augen an den Hals, um ihr Gesicht mit Küssen zu bedecken. Ihre Freundinnen sollten vor Neid ruhig platzen. Doch dieser Gefühlsausbruch war nicht nur auf Publikumswirkung ausgerichtet. Ich war tatsächlich sehr stolz auf Großmutter, weil sie ihren Sohn gegen den Pfarrer, ja sogar gegen den Erzbischof verteidigt hatte. Sie würde im Bedarfsfall auch mich verteidigen, das wusste ich.

Den Heimweg legten Großmutter und ich wortlos zurück. Zu Hause angekommen, rannte sie schnurstracks in ihr Zimmer, warf sich vor ihrem Hausaltar nieder und begann, einen Rosenkranz herunterzubeten.

Zwischendurch rief sie immer wieder: «Vergib mir, Herr, mein Jesus!»

Voller Ungeduld wartete ich darauf, dass sie die Begebenheit Mutter erzählte, aber es bot sich keine Gelegenheit. Mutters Zeit wurde von der ‹Bewegung› über die Maßen in Anspruch genommen. In der Regel kam sie nicht einmal zum Abendessen nach Hause, und als sie einmal einer abendfüllenden Besprechung unter dem Vorwand fernbleiben wollte, sie müsse zu einem Elternabend, meinte Géza Rothschild, ihr Chef: «Meine liebe Ágnes, du bist jetzt keine Privatperson mehr, sondern Frauenbeauftragte des 9. Bezirks!»

Fortan wagte sie keine Ausflüchte mehr. Oft spürte ich

nachts im Halbschlaf ihre Lippen in meinem Haar, im Morgengrauen wieder ihren Atem an meiner Stirn.

Eine Ausnahme bildeten die Sonntage, besonders dann, wenn auch Vater sich freigenommen hatte, um zwei volle Tage mit uns zu verbringen. Doch auch bei ihm kam es hin und wieder vor, dass er einen Anruf bekam und mit dem nächsten Zug zu seinem Arbeitsplatz in Tatabánya zurückfahren musste.

Während der Besuche bei den Großeltern Fülöp musste man so etwas nicht befürchten, sodass ich eines Tages beim Mittagessen den geeigneten Zeitpunkt für gekommen hielt, von Großmutters Heldentat in der Kirche zu berichten. Vaters Gesicht strahlte vor Glück. Großvater Zsiga riss sich die Serviette vom Hals und sprang auf.

«Ich rufe sie gleich an, ja, das mache ich!», rief er begeistert. Mit lächelndem Gesicht wählte er unsere Telefonnummer in der Eötvösstraße.

«Hallo, Irénke, ich bin es, Zsiga. Ich möchte Ihnen nur zu dem gratulieren, was mir mein Enkel gerade erzählt hat. Sehen Sie, nun erleben wir es doch noch, dass wir beide auf derselben Seite stehen!»

«Auf welcher denn?»

«Nun, auf der unserer Kinder.»

Darauf dürfte Großmutter Irén in dem Sinne geantwortet haben, sie wisse nicht, wovon er spreche. Großvaters Stimme wurde immer herzlicher.

«Von Ihrem Mut, meine liebe Irénke. Davon, dass sie sich gegen die Borniertheit des Allerhöchsten aufgelehnt haben.»

«Ich? Wie kommen Sie denn darauf?»

Großvater räusperte sich verlegen.

«Oh, ich wollte wirklich nicht …»

Wir erfuhren nie, was er nicht gewollt hatte, denn als er den Hörer vom Ohr nahm, war das Rauschen in der Leitung auch für uns deutlich zu vernehmen.

«Sie hat aufgelegt», sagte Großvater und nahm geknickt wieder Platz. «Sie hat gesagt, ich solle mich nicht in ihre Angelegenheiten einmischen. Sie büße wegen der Geschichte seit Wochen und verbitte sich jeden Spott darüber. Dann hat sie aufgelegt, als wäre die ganze Sache gar nicht wahr.»

Ich fing an zu weinen. Ich dachte, alle wären jetzt böse auf mich und glaubten, ich hätte alles nur erfunden.

«Was ist denn, Bärchen?», Vater strich mir über den Kopf.

«Du, Ági, das Kind ist müde!»

Sie brachten mich ins Bett, genauso wie früher in der Ostromstraße. Erst auf dem Heimweg erfuhr ich, dass sie beschlossen hatten, in Zukunft ein Zusammentreffen zwischen Großmutter Irén und den Großeltern Fülöp zu vermeiden. Wir würden fortan die Fülöps zu dritt in Buda besuchen, und sollte Großmutter einmal nach dem Grund fragen – was ziemlich unwahrscheinlich war –, würden wir uns auf Großvater Zsigas krankes Bein berufen.

Die Sonntage, die wir zusammen verbringen konnten, wurden immer seltener. Dann aber verwöhnten uns die Großeltern Fülöp königlich und erzählten mit schüchternem Stolz, wie sie sich das leisten konnten: Großvater erhielt zahlreiche Einladungen, Vorträge zu halten, Zeitungsredaktionen baten ihn um Beiträge für ihre Blätter.

Begeistert präsentierte er uns ein bereits auf der entsprechenden Seite aufgeschlagenes Exemplar der Illustrierten *Regenbogen*, die ein Foto von ihm abgedruckt hatte.

«Na, was sagt ihr dazu? Das wäre doch nicht nötig gewesen, oder? Die Leute werden noch denken, ich sei so ein Springinsfeld von einem Schreiberling!»

Mutter lachte.

«Gib doch zu, dass du gerne einer wärst, Papa!»

Großvater errötete ein wenig.

«In gewisser Hinsicht, ja!», sagte er mit einem verschämten Lächeln. «Denn dann wäre ich mindestens zwanzig Jahre jünger!»

Bei anderen Gelegenheiten erwartete er uns mit einem seiner neu erschienenen Bücher und konnte seine Ungeduld kaum verbergen. Doch als genierte er sich wegen seiner eigenen Freude, murmelte er entschuldigend vor sich hin, während er das uns gewidmete Exemplar von *Wunder der Tierwelt* mit ein paar Zeilen signierte:

«Das sind alles nur alte Artikel aus der Tageszeitung *Népszava*. Für etwas Neues reicht es bei mir nicht mehr.»

Ich merkte, dass Mutter gute Lust hatte, ihn ein bisschen aufzuziehen, aber Großvater hatte das Buch schon zugeschlagen. Er betrachtete es mit einem stolzen Lächeln:

«Schaut mal, da ist der Mann mit dem Hammer auf dem Umschlag! Das ist doch ein gutes Zeichen, oder nicht? Offenbar schämen sie sich noch nicht wegen mir …»

Mutter wurde ungehalten.

«Du bist seit zehn Jahren nicht mehr in einer so guten Verfassung gewesen, Papa! Also versuche nicht, Mitleid zu heischen!»

Großvater starrte sie verwundert an.

«Du weißt doch auch, was ich für Probleme habe. Hier, hier und hier.»

Er deutete nacheinander auf sein Bein, sein Herz und auf seinen Rücken.

«Es dauert nicht mehr lange und ich bekomme auch hier» – er tippte sich mit dem Zeigefinger auf die Stirn – «Probleme.»

«Ich habe keine Lust, das noch länger mitanzuhören», sagte Mutter und erhob sich. Sie ergriff meine Hand. «Nicht wahr, mein Kind, wir lieben es, wenn Großvater von Dingen redet, von denen er etwas versteht. Unsinn können wir uns schließlich von jedermann erzählen lassen!»

Ich nahm all meinen Mut zusammen und ermahnte Mutter:

«Sag nichts Schlechtes über Großvater!»

Zu meiner Überraschung war es Großvater selbst, der mich zurechtwies.

«Lass deine Mutter reden. Solange sie so mit mir spricht, geht es mir noch gut. So lange bin ich mit Sicherheit weder senil noch zu alt.»

Ich schaute ihn verwundert an.

«Eines Tages wirst du mich verstehen», sagte Großvater fröhlich. «Jetzt bist du noch ein bisschen zu klein dafür.»

Das hörte ich gar nicht gern. Desto mehr schmeichelte es meiner Eitelkeit, als Mutter auf dem Heimweg in der halb leeren Straßenbahn zu Vater sagte: «Manchmal benimmt er sich wie ein Kind.»

Vater antwortete, während er mich mit lachenden Augen ansah: «Dafür ist unser Bärchen umso erwachsener.»

Es gab aber auch Besuche, bei denen wir bereits beim Eintreten spürten, dass uns diesmal kein leichter und unbeschwerter Nachmittag erwartete. Kaum waren wir angekommen, stürzte uns Großvater mit der Zeitung in der Hand entgegen und fing an zu schreien.

«Habt ihr diesen aalglatten Gangster gesehen? So sieht also ein Wissenschaftler aus! Ein Al Capone ist das, sage ich euch, ein Al Capone!»

Meine Eltern tauschten seufzend einen Blick.

«Hallo, Papa», sagte Mutter geduldig. «Danke, uns geht's gut, wir hatten eine schöne Herfahrt.»

Großvater ignorierte den Spott. Er wedelte mit der Zeitung und brüllte:

«Weißt du, wie man das nennt, was der hier macht? Hochstapelei! Wie kommt so einer dazu, gerade in dieser Zeitung …»

Mutter nahm ihm das Blatt aus der Hand und tat übertrieben überrascht.

«Aber Papa, was für eine Zeitung ist denn das? Das ist ja die *Szabad Nép*, die Zeitung der Kommunisten!»

«Wieso?», fuhr Großvater sie an. «Hast du etwa gedacht, ich lese die Zeitung der Katholiken? Würde das alles dort stehen, dann wäre mir das ganz egal! Dieses dumme und reaktionäre Geschmiere würde dort nämlich sehr gut hinpassen!»

Mutters Gesicht verfinsterte sich plötzlich.

«Sei so lieb, Papa, und bedenke, was du sagst!»

Diesen Ton kannte ich nicht von ihr. Er war kalt und fremd, und ich begann mich vor ihr zu fürchten. Doch Großvater schrie immer weiter.

«Ich soll nachdenken! Wieso haben nicht die nachgedacht, bevor sie diesen Kerl zum Wissenschaftler ernannten, diesen Windbeutel, diesen Hochstapler!»

«Zsiga!», ertönte hinter uns die Stimme meiner Großmutter Margit. «Der Artikel in der kommunistischen Zeitung ist mir vollkommen gleichgültig! Mich interessiert nur dein Herz!»

Zu meinen Eltern gewandt, fuhr sie fort: «Er tobt ohne Unterlass, seit ich die Zeitung heraufgebracht habe. Wenn er sich weiter so aufführt, wird er noch eine zweite Herzattacke bekommen.»

«Ja, die bringen mich noch ins Grab!», brüllte Großvater. Sein Gesicht war dunkellila. «Die wollen, dass in meinem Gehirn eine Ader platzt!»

«Um was geht es eigentlich», fragte Vater gelassen. Aber auch das half nichts.

«Kommt endlich herein», winkte Großvater gereizt. «Ihr seid doch in der Politik bewandert. Vielleicht könnt ihr mir das erklären.»

Mit der Zeitung in der Hand ging er voran. Meine Eltern warfen sich hinter seinem Rücken einen Blick zu, bei dem sich mein Herz zusammenzog. Ich wurde von einer fieberhaften Erregung erfasst. Ich fühlte, dass ich möglicherweise gezwungen sein würde, gegen sie Stellung zu beziehen. Ich würde auf keinen Fall zulassen, dass sie Großvater gemein behandelten.

Sie setzten sich im Wohnzimmer in den breiten Sessel und nahmen Großvater in ihre Mitte. Er war so entsetzlich mager, dass sie alle drei Platz hatten. Mutter tätschelte seine Hand.

«So, und jetzt erzählst du uns in aller Ruhe, was dich so in Rage gebracht hat.»

Großvater starrte sie wortlos an. Dann betrachtete er Vater prüfend. Plötzlich atmete er erleichtert auf.

«Ihr habt es noch gar nicht gelesen! Deshalb könnt ihr so ruhig sein. Jetzt bin ich aber erleichtert! Ich hatte schon befürchtet, ihr wärt auf diese finstere Demagogie glatt hereingefallen.»

Mutter ergriff die Zeitung, um den Artikel zu überfliegen, aber Großvater riss sie ihr aus der Hand.

«Warte, ich lese es dir vor! Hier ist es: Der russische Biologe Mitschurin verwirft die gesamte Genetik von Weissmann und Morgan, deren verworrene Chromosomentheorie mitsamt ihren ‹mysteriösen Genen› als reaktionäres Hirngespinst!»

Großvater schaute auf und wartete auf die Wirkung seiner Worte.

«Was sagt ihr dazu?», fragte er. «Ist das nicht zum Wahnsinnigwerden?»

«Schau, Papa», begann Mutter. «Die Mitschurin'sche Lehre ist auf der ganzen Welt …»

«Papperlapapp», fiel ihr Großvater ins Wort. «Es gibt keine Mitschurin'sche Lehre. Dieser Mitschurin war ein dämlicher Schaumschläger von einem Gemüsegärtner, den dieser aalglatte Gangster …»

Großvater verstummte. Er erhob sich ein wenig aus dem Sessel und spannte seinen Körper an, um seiner plötzlichen Atemnot Herr zu werden.

«Margit, das Fenster!», keuchte er. Er ließ sich zurücksinken und schnappte nach Luft.

Mutter griff kopfschüttelnd nach der *Szabad Nép*, doch Großvater gab sie immer noch nicht aus der Hand.

«Hört euch das an: ‹Darwin mit seiner seichten Evolutionstheorie …›»

«Das ist ein starkes Stück», murmelte Vater.

Mutter wies ihn zurecht.

«Du verstehst doch nichts davon, Bandi. Misch dich da nicht ein.»

Großvater las weiter.

«‹… seichten Evolutionstheorie hat sich mit seiner Behauptung, in der Entwicklung der Natur wären keine Sprünge möglich, offenbar geirrt. Eine solche Behauptung würde nämlich die Möglichkeit einer Revolution leugnen.›»

«Also, Zsiga, mal ganz ehrlich! Ich werde noch wahnsinnig, wenn du nicht sofort aufhörst! Ich rufe gleich einen Krankenwagen und lasse dich ins Johannesspital einliefern!»

«Ach was», winkte Großvater ab. «Keine Panik, mir geht es gut. Ich musste nur gerade erfahren, dass ich mich zeitlebens für ein reaktionäres Hirngespinst starkgemacht habe. Dass Weissmann und Morgan zwei Idioten waren. Dass Chromosomen und Gene ein mysteriöser Schwachsinn sind. Dass Darwin nichts von der Evolution verstand!»

«Schau, Papa», sagte Mutter mit erhobener Stimme. «Du musst doch zugeben, dass du über die Entwicklungen in der sowjetischen Wissenschaft nicht viel weißt. Vielleicht solltest du sie nicht von vorneherein verurteilen.»

Großvater erstickte fast vor Wut.

«Die sowjetische Wissenschaft? Ach so, die ist deiner

Meinung nach die fortschrittlichste Wissenschaft der Welt? Hört mal gut her!»

Er schlug mit der Hand auf die Zeitung.

«Die Mitschurin'sche Lehre hat die beschränkte Evolutionstheorie Darwins besiegt. BE-SIEGT! Das heißt, dass dein Vater ein beschränkter Greis ist, der mit seinem Galilei-Kreis immer nur Stuss unterrichtet hat. Dem gegenüber das Blatt des Pista Tiszta im Recht gewesen war. Und dieser Dénes Görcsöni, dieser Ochse, mit seinem Artikel im *Alkotmány*. Und der idiotische Méhely. Und überhaupt alle! Ich kann nur eines nicht begreifen: In welchem Zusammenhang stehen alle diese Leute mit diesem Gauner von Genossen namens Lissenko?»

«Du, Bandi», flüsterte Mutter bleich, «bitte mach das Fenster zu.»

Dann wandte sie sich wieder an ihren Vater. Ihre Stimme verriet, dass sie sich ungeheuer zusammenreißen musste.

«Wie viel weißt du denn über Lissenkos Forschungsergebnisse, Vater?»

«Ich weiß alles darüber!», schrie Großvater. «Er hat erfolgreich Hartweizen mit 28 Chromosomen in Weichweizen mit 42 Chromosomen umgewandelt! Dieser Schwindler ist sich seiner Sache so sicher – oder aber so dumm –, dass er es wagt, so etwas Haarsträubendes zu behaupten. Das ist nämlich ein klarer Beweis, dass das Ganze nichts als Betrug und Täuschung ist!»

Er hob seine Augen und schien sicher zu sein, endlich alle überzeugt zu haben. Mutter schaute ihn mit starrem Gesicht an, Vater mit einem verständnislosen Blick.

«So einer wagt es, Darwin zu desavouieren!» Großvater brüllte immer noch, besann sich dann aber und fragte: «Warum habt ihr das Fenster zugemacht? Ist euch kalt?»

«Nein, uns ist nicht kalt», erwiderte Mutter unwillig. «Wir befürchten nur ...»

«Warte», fiel ihr Großvater ins Wort. «Ich weiß schon, was! Das habe ich vergebens versucht, dir beizubringen: Es gibt nichts in der Welt, woran es nicht auch einen berechtigten Zweifel geben darf. Du hast Angst, du müsstest an deinem Bild von dem großen Genossen zweifeln, wenn ich recht behielte.»

«Du irrst dich», antwortete Mutter. «Es verhält sich genau umgekehrt. Du bist gekränkt, weil ich einmal im Leben an deinen Worten zweifle. Sei nicht böse.»

«Ich bin nicht böse», winkte Großvater ab. «Auch ich zweifle in erster Linie an mir selbst. Ich weiß gar nicht mehr, ob es sich gelohnt hat, ein Leben lang für etwas zu kämpfen, woraus dann das geworden ist.»

«Ich denke, du bist einfach nur beleidigt, Papa», ereiferte sich Mutter.

«Lassen wir die Diskussion», unterbrach Großvater sie. «Vielleicht ist genau das eingetreten, was ich – du weißt es – immer befürchtet habe: Ich bin senil geworden, ohne es bemerkt zu haben.»

«Du, Bandi», fragte Mutter nachdenklich, als wir uns bereits auf dem Heimweg in der Straßenbahn befanden. «Hältst du es für möglich, dass mein armer Papa in letzter Zeit – es ist furchtbar, es auszusprechen – tatsächlich anfängt, senil zu werden?»

Vater riss entrüstet seinen Kopf hoch.

«Wie kommst du denn darauf? Vielleicht ist er nicht mehr ganz auf dem Laufenden, er war schließlich lange krank. Vielleicht ist er über das aktuelle Tagesgeschehen nicht mehr so gut informiert. Aber dein Vater und senil …!»

«Schon gut, ich habe nur so darüber nachgedacht. Manchmal sagt er so merkwürdige Dinge.»

Ich hörte ihnen zu und drückte Vater die Daumen, dass er den Disput gewinnen möge.

«Du weißt doch selbst am besten, Liebling, was ihm Darwin bedeutet. Ist doch klar, dass es ihn aufregt, wenn jemand Schlechtes über ihn schreibt. Aber deswegen ist er noch …»

«Das kann ich sogar verstehen», sagte Mutter. «Aber diese ganze Art. Er denkt über die Meinung anderer Leute nicht einmal nach. Früher war er nicht so. Jetzt fällt er sein Urteil anhand eines Fotos: Gangsterfresse, Betrüger, Hochstapler. Kommt dir das nicht verdächtig vor?»

Vater zuckte mit den Schultern.

«Schau, ich habe nur sieben Grundschulklassen absolviert, du hast gerade mal zwei Jahre höhere Schule hinter dir. Eines ist sicher: Von dieser Sache mit den Chromosomen verstehen wir nichts!»

«Es geht um etwas anderes», unterbrach ihn Mutter. «Vater konnte früher nicht ertragen, wenn jemand zu logischem Denken nicht fähig war. Nun merkt er selbst nicht, dass das, was er von sich gibt, überhaupt nicht logisch ist!»

«Warum nicht?» Vaters Stimme verriet, dass er das wirklich nicht verstand.

Mutter wurde immer gereizter, weil sie auch das erklären musste, was doch so offenkundig war.

«Warum, warum! Vater weiß ganz genau, wem er sein Leben zu verdanken hat. Aber er bedenkt nicht, dass die Nazis nie hätten besiegt werden können, wenn die sowjetischen Wissenschaftler alle nur Betrüger und Gangster wären. Was ist mit ihm nur los, wenn er nicht einmal mehr das durchschauen kann? Es ist so, wie er sagt: Er merkt gar nicht mehr, wenn er dummes Zeug redet.»

Ich registrierte entgeistert, dass sich die Diskussion einer Entscheidung zu nähern schien.

«Schau, Liebling, wir werden alle mal alt!», seufzte Vater und legte seinen Arm um Mutters Schulter. «Er wollte dich sicher nicht ärgern.»

Mutter entzog sich ihm schmollend.

«Das weiß ich auch. Ich finde es nur gefährlich, wenn er in dieser Verfassung noch Vorträge hält.»

Vater drückte sie wieder tröstend an sich.

«Na ja, von einer Gefahr kann nicht die Rede sein. Erstens nimmt er doch kaum noch Einladungen an. Und dann ist ja auch deine Mutter immer dabei. Gäbe es Probleme, dann wüsste sie schon, welches Medikament er nehmen muss.»

«Ich spreche doch nicht davon.»

Mutter war jetzt ehrlich erstaunt, dass Vater sie immer noch nicht verstand. «Er ist eine Gefahr für uns alle! Stell dir vor, er sagt bei einem Vortrag solche Dinge wie heute Nachmittag.»

Ich war mit meinen Gedanken so sehr abgeschweift, dass ich vollkommen vergessen hatte, wo ich mich eigentlich befand.

«Hier, nimm, mein Augenstern.»

Mutter berührte meine Hand und reichte mir eine Blume.

«Du musst sie nachher am Grab auf den Sarg werfen. Das macht man so.»

Ich schaute sie verblüfft an. War es möglich, dass sie ahnte, was sich in meinen Gedanken abgespielt hatte? Die Versuchung war groß, ihr vorzuhalten, dass Vater und sie herablassend über Großvater gelächelt hatten. Aber auch ich durfte mir nichts vormachen, denn ich hatte ihn nicht verteidigt, obwohl ich es mir vorgenommen hatte. Im entscheidenden Moment war ich nur dagesessen und hatte geschwiegen. Dabei wusste ich mit absoluter Sicherheit, wer von beiden recht gehabt hatte. Ich war einfach zu feige gewesen. Daran, wie sie ihn anschauten und ihren Tonfall veränderten, wenn sie mit ihm sprachen, hätte ich alles erkennen müssen. Jetzt freilich würde ich nicht mehr zögern, meine Meinung kundzutun, dachte ich bei mir. Und im gleichen Augenblick erschrak ich, denn mir wurde klar, dass es keine Gelegenheit mehr geben würde, Großvater zu verteidigen.

«Weine nur, mein Schatz. Hier ist ein sauberes Taschentuch.»

Ich schob Mutters Hand fort.

«Ich weine nicht. Mir ist nur kalt, und ich habe Hunger und muss pinkeln.»

«Ist ja gut, weine nur», beharrte sie. «Dann wird alles leichter.» Sie seufzte. «Könnte ich doch auch weinen!»

«Warum solltest du es nicht können?», fuhr Vater sie an. «Hat es dir vielleicht Frau Axel verboten?»

Mutter drehte sich beleidigt weg und starrte irgendwo ins Nichts. Ich spürte immer deutlicher, dass ich eben nicht gelogen hatte, was das Frieren und das andere betraf.

«Wann gehen wir denn endlich?» Ich zog an Vaters Hand.

«Bald», sagte er ungeduldig, aber er achtete gar nicht auf mich.

Auf einmal fielen uns wildfremde Menschen um den Hals und drückten jeden von uns: Ich bin Onkel so und so, ich bin Tante die und die. Ich war der diese oder der jene deines Großvaters. Wen interessierte das schon! Sie sahen alle gleich aus.

Ich steckte meine Hände in die Manteltaschen, heftete meinen Blick auf den Boden und hob ihn erst wieder, als wir vor dem Friedhofstor in ein wunderbar warmes Taxi stiegen.

9

Ich hörte noch, wie Mutter flüsterte: «Sieh mal, er ist schon eingeschlafen!»

Doch schon im nächsten Moment rüttelte mich jemand an der Schulter.

«Wach auf, wir müssen aussteigen!»

Erschrocken blickte ich mich um. Das Taxi hatte uns gar nicht in die Eötvösstraße gebracht. Aber wo waren wir dann?

«Wir sind am Ostbahnhof, und mein Zug fährt gleich», sagte Mutter unwirsch. «Weißt du es nicht mehr?»

Ich schüttelte den Kopf. Ich fühlte mich, als hätte man mich um etwas betrogen.

«Bleibst du nicht über Nacht?»

Mutter war ungehalten.

«Ihr wisst doch beide, dass ich zurückfahren muss. Die reißen mir sonst den Kopf ab.»

«Ich muss zugeben, dass auch ich gehofft hatte, du würdest wenigstens diese eine Nacht zu Hause verbringen.»

«Macht es mir doch nicht so schwer», sagte Mutter und drehte sich schnell zur Seite. «Ich habe euch doch erzählt, dass Frau Axel mich nicht einmal zur Beerdigung fortlassen wollte. Die schmeißen mich raus, wenn ich nicht heute zurückfahre – und das hätte schreckliche Folgen.»

«Was für Folgen?», erkundigte sich Vater.

«Na, sie könnten mich zum Beispiel wieder dorthin zurückversetzen, wo ich bisher gewesen bin.»

Ein Pfiff ertönte.

«Wir müssen uns beeilen», sagte Mutter.

Der Zug setzte sich mit einem Ruck in Bewegung. Mutter sprang auf das nächste Trittbrett und entschwand für einen Moment unseren Blicken. Dann lehnte sie sich noch einmal heraus und winkte. Der Zug fuhr noch sehr langsam. Auf ihrer Wange sah man etwas glänzen, und es war unschwer zu erraten, was es war. Sie hielt die Distanz zwischen sich und uns für groß genug, um ihren Tränen freien Lauf zu lassen. Doch Vater sah es und seufzte.

Den Weg zur Haltestelle der Straßenbahn legten wir schweigend zurück. Wir waren beide nicht in der Stimmung für eine Unterhaltung. In der Straßenbahn nahm mich Vater auf den Schoß, genauso wie früher, als ich noch klein war, nur reichten meine Füße jetzt bis zum Boden. Entweder spürte er mein Bedürfnis danach, oder es tat ihm selbst gut. Ich starrte während der ganzen Fahrt aus dem Fenster, und es kam mir vor, als sähe ich alles zum ersten Mal: die Damjanichstraße, die Rottenbillerstraße, die Podmanidzkystraße. Vater legte seine Wange an meine, und ich spürte seine Bartstoppeln.

Kaum dass wir die Wohnung betraten, riss Großmutter die Küchentür auf und stemmte die Hände in die Hüften. Der Hunger, der mich eben noch so geplagt hatte, war schlagartig verflogen, und ich hätte mich am liebsten versteckt. Vater mochte es ähnlich gehen, denn er murmelte nur einen unverständlichen Gruß und versuchte, an Großmutter vorbei ins Zimmer zu gelangen. Doch sie hielt ihn auf.

«Na, haben sie den alten Juden verscharrt?», fragte sie bissig.

Ich erstarrte.

Vaters Gesichtsfarbe veränderte sich in einer Weise, die nichts Gutes verhieß. Gleich schlägt er seinen Kopf gegen die Wand, fuhr es mir durch den Kopf. Er antwortete seiner Mutter mit gequälter Stimme, als fiele ihm das Sprechen schwer.

«Können Sie denn nie aufhören, Mutter? Können Sie nicht einfach mal den Mund halten?»

Im nächsten Augenblick ertönten zwei donnernde Schläge. Großmutter hatte die Küchentür, Vater die Wohnzimmertür mit voller Kraft zugeschlagen. Er setzte sich verkehrt herum auf einen Stuhl und legte seinen Kopf auf die Arme. Eine geraume Weile starrte er nur vor sich hin. Dann drehte er sich um und saß nun so, dass er mich zwischen die Knie nehmen konnte. Er sah mich lange an und schien mit sich zu ringen, ob er seine Gedanken aussprechen sollte.

«Mein kleines Bärchen», entschied er sich schließlich. «Versprich mir etwas!»

In seiner Stimme schwang Beklemmung mit, was für mich sehr ungewohnt war. Schnell schloss und öffnete ich die Augen zum Zeichen, dass ich bereit war, alles zu versprechen.

«Versprich mir, das eben Geschehene zu vergessen.»

Ich deutete mit dem Kopf Richtung Tür, um mich zu vergewissern, ob er Großmutter meinte. In seinem Gesicht zuckte es. Er seufzte und nickte.

«Frag mich nicht, warum ich überhaupt noch davon spreche. Vergiss mir zuliebe den ganzen Zwischenfall. Denk nicht mehr daran, und du wirst sehen, dass es dir nach einer Weile gar nicht mehr in den Sinn kommt.»

«Du hast mich also vergessen, du schlimmer Geselle!», rief Tante Ella, Großvaters Schwägerin, als ich ihr vierzehn Jahre später in Hódmezővásárhely einen unerwarteten Besuch abstattete. Ich wollte mich gleich in der Tür vorstellen, wie es sich gehörte, wollte erklären, wessen Enkel ich wäre und mit welchem Recht ich sie behelligte. Sie unterbrach mich.

«Du kannst dich zwar nicht an mich erinnern, aber ich mich sehr gut an dich. Ich habe dich bei der Beerdigung deines Großvaters gesehen. Ich war mit meinem zweiten Mann dort. Ich habe sogar mit deinen Eltern gesprochen, weil ich deine Mutter kenne, seit sie ein Backfisch war.»

«Verzeihen Sie mir bitte», entschuldigte ich mich und spürte, wie mir vor Verlegenheit die Röte ins Gesicht stieg. «Es ist alles schon so lange her.»

«Denk dir doch nichts!», krähte sie fröhlich, während sie mit ihren Blicken unablässig mein Gesicht erforschte. «Hab keine Angst. Ich höre nur ein bisschen schlecht. Theoretisch könntest du dich an mich erinnern, auch wenn du damals noch sehr klein warst. Sieben oder acht?»

«Neun», antwortete ich und fühlte mich unversehens wieder in die damalige Zeit zurückversetzt. Ich empfand es immer noch als beleidigend, dass sie mich für jünger gehalten hatte, als ich gewesen war. Ich wusste auch, was jetzt unweigerlich folgen musste: Sie würde mich in die Backe zwicken und dabei lachen. Aber nicht mit mir!

Tante Ella brach tatsächlich in schallendes Gelächter aus.

«Das darf nicht wahr sein! Du machst genauso ein Gesicht wie damals bei der Beerdigung. Du standest in deiner fürchterlich hässlichen kurzen Hose neben deiner Mutter und warst derart mürrisch, dass ich nicht wusste, ob ich dir ein Küsschen geben darf. Und jetzt stehst du hier plötzlich vor der Tür und schaust genauso! Wie alt bist du eigentlich? Du dürftest so um die achtzehn sein, oder vielleicht auch schon ein bisschen älter. Aber du siehst wirklich genauso aus wie früher. Oh, verzeih, ich habe mich in deinem Alter wohl ein wenig geirrt?»

«Ein wenig sehr sogar», brummte ich, bis mir einfiel, dass ich schreien musste, wenn sie mich hören sollte.

«Ich bin drei-und-zwan-zig-ein-halb Jahre alt!», rief ich. Dann fügte ich für mich selbst überraschend hinzu: «Ich habe heute Morgen meine Abschlussprüfung an der Universität abgelegt.»

Tante Ella schlug erstaunt die Hände vors Gesicht.

«Wie lieb von dir, mir gleich danach einen Besuch abzustatten! Der arme Zsiga wäre sicher sehr stolz gewesen, hätte er das erleben dürfen! Warte, ich muss dir gleich etwas geben.»

«Ich bin nur hergekommen, um den Kirchturmknauf anzuschauen», sagte ich verlegen. Sie hörte es nicht. Flink und mit wiegenden Schritten eilte sie in ein anderes Zimmer des landhausartigen Gebäudes.

Nach meiner Rechnung musste sie weit über sechzig sein, und doch hatte ihr Blick etwas Kindliches. Tante Ella erinnerte mich stark an Großmutter Margit. Beide hatten sie im Leben so viel erleiden und durchmachen müssen, und doch: Wie liebevoll und wie lebendig sie geblieben waren!

Gespannt erwartete ich, was Tante Ella anschleppen würde. Schon vorab beschloss ich, mich höflich zu bedanken und das Geschenk dann nicht anzunehmen, was auch immer es sein mochte. Schließlich war ich nur wegen eines verrückten Einfalls hergekommen: Ich wollte mir den von meinem legendären Vorfahren vergoldeten Kirchturmknauf ansehen. Über diesen Vorfahr hatte ich vor kurzem ein Gedicht geschrieben und mich dabei dem Verdacht ausgesetzt, die Idee mit dem Turmknauf-Vergolden bei einer älteren Dichterin abgekupfert zu haben.

Und wann sonst hätte ich herkommen können, wenn nicht jetzt, da ich meine Prüfungen hinter mir hatte. Ich war sogar darauf vorbereitet gewesen, im Hotel übernachten zu müssen, sollte ich Tante Ella nicht ausfindig machen können. Doch die Fülöp'sche Uhrmacherwerkstatt war im ganzen Ort bekannt. Dort erfuhr ich Tante Ellas Privatanschrift.

Nun saß ich hier in ihrem Wohnzimmer, und es sah ganz danach aus, als wäre ich nur hergekommen, um mich beschenken zu lassen.

Noch bevor sie wieder erschien, hörte ich sie schon rufen: «Bin schon da! Ich habe eine Überraschung für dich!»

Mit strahlenden Augen ließ sie sich neben mir auf das Sofa fallen, in den Händen ein seltsames Säckchen. Ich beruhigte mich etwas, denn es sah nicht besonders wertvoll aus.

«Jetzt pass auf, du schlimmer Geselle!», sagte sie und berührte meine Hand, um meine ganze Aufmerksamkeit zu fordern.

«Ich weiß nicht, wie vertraut dir unsere Familiengeschichten sind. Aber schon seit langer Zeit denke ich, dass das hier bei dir am besten aufgehoben wäre, denn ich bin schließlich nur eine Ehren-Fülöp.»

Sie sprang unvermittelt auf und machte einen Knicks.

«Darf ich mich vorstellen: Ich bin die Witwe von Gyula Bernáth, das wirst du nicht wissen. Gyula war der beste Freund meines seligen Imre. Ich habe ihn aber erst '46 geheiratet, nach Ablauf der sieben Trauerjahre. Und irgendwann zwischendurch mussten wir auch noch acht kleine Monate Strachow und Bergen-Belsen überstehen, aber was zählt das schon! Seitdem auch Gyula von mir gegangen ist, nenne ich mich wieder Ella Fülöp und unterschreibe sogar mit diesem Namen. Ich habe mir das angewöhnt, als ich während der Krankheit meines Mannes die Werkstatt führen musste. Doch genug! Du denkst sicher, das alte Weib schwafelt wirres Zeug.»

Tante Ella hielt das Säckchen empor und schwenkte es vor meiner Nase.

«Ich wollte es euch schon lange zukommen lassen, war mir nur nicht darüber im Klaren, wem. Deine Großmutter Margit dürfte alles von Zsiga selbst wissen – wenn sie es nicht vergessen hat. ‹Margit, dein Hirn ist ein Sieb! Margit, du kannst dir nichts merken – und wenn, dann falsch!›»

Tante Ella ahmte Großvater Zsiga so täuschend echt nach, dass ich lachen musste. Aber ich muss zugeben, es war genau so gewesen, ich konnte es bezeugen.

«Denk dir nichts. Deine Großmutter und ich waren

nicht nur Schwägerinnen, sondern auch sehr gute Freundinnen. Und dein Großvater hat sie vergöttert, wie sie war: über die Maßen zerstreut. Deiner Mutter wollte ich die Sachen nicht schicken, denn sie hat sich nie für die alten Geschichten interessiert. Deshalb kommst du mir gerade recht, du schlimmer Geselle. Bei dir wird das alles sehr gut aufgehoben sein!»

Tante Ella löste die Schnur vom Säckchen und leerte den Inhalt auf den Tisch. Ich spürte, wie das Blut in meinen Schläfen wie wild zu pochen begann. Was ich da erblickte, versetzte mich in maßlose Erregung. Aufs Geratewohl griff ich nach einem vergilbten, an den Rändern ausgefransten Zeitungsausschnitt aus dem Regionalteil für Neupest und Umgebung vom 18. Januar 1914. «Die Freimaurer des altehrwürdigen Pressburger Toldy-Kreises sind in ihrer Tollkühnheit so weit gegangen, Dr. Zsigmond Fülöp, den Affenprofessor, zu einem Kulturvortrag in ihre Loge einzuladen, was jedoch vom Ausschuss des Kreises unter der Präsidentschaft von Graf Géza Zichy unterbunden wurde.»

Ich blickte auf, gerade in Tante Ellas lachendes Gesicht.

«Es war mir klar, dass es dich interessieren wird», sagte sie und verstummte dann. Sie schien zu erwarten, dass ich jetzt gleich, in ihrer Gegenwart, anfangen würde, den Schatz zu sichten.

Ich griff nach einem dicken Blatt aus handgeschöpftem Papier, auf welchem in großen Buchstaben unter anderem Folgendes gedruckt stand: «Wir, Rector und Senat der königlichen Friedrich Wilhelms Universität zu Berlin», dann Großvaters Name, Sigismund Fülöp, ganz unten das Datum, 18. Oktober 1902.

Ich erblickte ein sonderbares, dünnes Büchlein, dem man sein Alter von mindestens hundert Jahren schon von Weitem ansah. Als ich die Hand danach ausstreckte, hielt mich Tante Ella plötzlich zurück.

«Warte einen Moment. All dies gehört jetzt dir, aber ich muss noch ein paar Dinge dazu sagen. Es würde dir sonst ähnlich ergehen wie meinem Gyula, der unter allen Umständen bei der Beerdigung deines Großvaters dabei sein wollte. Meiner Meinung nach erwartete niemand von ihm, dass er kam, er war ja kein Fülöp. Aber er ließ nicht locker: Er hatte Zsiga wie einen Heiligen verehrt und war stolz auf ihre gemeinsame Herkunft aus Vásárhely. Also gab ich nach. Um ein Haar hätte ich es bereut, denn auf dem Friedhof regte Gyula sich plötzlich fürchterlich darüber auf, dass Zsiga kein ordentliches jüdisches Begräbnis bekam. Er konnte den Grund ja nicht wissen.»

Ich unterbrach sie und warf ein, dass auch ich es nicht wusste. Sie schaute mich mit großen, runden Augen an.

«Ahnst du es denn gar nicht? Du musst es doch ahnen!»

«Ich habe da schon eine Vermutung, bin aber nicht sicher, ob sie stimmt.»

«Sprich sie nur aus», ermunterte sie mich.

Ich seufzte.

«Ich vermute, Großvater selbst hat es nicht gewünscht.»

«Genau», sagte sie und schaute mich weiterhin erwartungsvoll an.

«Und ich glaube, er wollte es deshalb nicht, weil er konfessionslos war.»

Sie schwieg enttäuscht. Offensichtlich hatte ich mich geirrt.

«Du weißt wirklich nichts über die Geschichte unserer Familie», murmelte sie.

Nun war es an mir, sie mit erstaunten Augen anzublicken. Wir hatten also eine Familiengeschichte! Aufgeregt und voller Neugier erwartete ich ihre Erzählung, wollte sie aber nicht bedrängen. Doch meine Körperhaltung und mein flehentlicher Blick verrieten deutlich meine Anspannung.

«Also gut», setzte sie an. «Erwarte aber nicht zu viel. Alles, was ich weiß, weiß ich von meinem Imre, und auch er konnte nicht sicher sagen, wie viel an der Geschichte Wahrheit, wie viel Legende war.»

«Das macht gar nichts!», rief ich aus und suchte mir eine für die Erzählstunde bequemere Haltung.

«Du weißt doch, dass die Fülöps vor sehr langer Zeit einmal Pressburger hießen.»

Ich nickte. Ich fragte mich nur, was das mit Großvaters Beerdigung zu tun hatte. Tante Ella erklärte mir, dass das ein deutscher Name sei, und seufzte dann so tief, dass die Nähte ihrer Bluse fast platzten.

«Warte mal», sagte sie und erhob sich von ihrem Platz. «Es wird besser sein, wenn du doch dieses Büchlein anschaust. Dann muss ich mich nicht so plagen. Ich bereite uns lieber ein kleines Abendessen zu.»

Sie wartete meine Antwort gar nicht erst ab, sondern lief hinaus. Bei der Vorstellung, etwas in Händen zu halten, was die Geheimnisse der Vergangenheit in sich barg, schwitzte ich vor Aufregung. Stand in diesem Büchlein etwa unsere Familiengeschichte? Ich hatte es noch nicht einmal aufgeschlagen, aber der Zauber wirkte schon. Mit erhobener Stimme begann ich zu lesen.

«Wanderbuch. Der Hoch Ehrwürdige Königliche Präsidialrat zu Buda hat laut seinem Beschluss vom 16ten Juli 1816 unter der Aktennummer 21 080 den gnädigen Befehl erlassen … Gedruckt bei Orbán Grünn in Szeged …»

Das alles war so wundersam! Die altertümliche Ausdrucks- und Schreibweise, die zwei «nn» im Namen des Druckers, vom Nachfolgenden ganz zu schweigen: Regeln, die der Wandergeselle unter Strafandrohung einzuhalten hatte:

«Erstens: Ohne besondere Erlaubnis der Obrigkeit darf er die Kaiserlich-Königlichen Provinzen nicht verlassen. Zweitens: Er ist unter Androhung harter Strafen verpflichtet, dieses Wanderbuch sorgsam aufzubewahren. Er darf nicht ziellos umherstreunen. Der unpassenden Bettelei hat er sich zu enthalten und sich damit zu begnügen, was ihm die Zunft zuteilt. Drittens: Bei Wechsel des Dienstherrn hat sein Meister über sein Betragen in seinem Wanderbuch Bericht zu erstatten, des Weiteren darüber, wie lang er bei wem gearbeitet hat. Schließlich muss auch der Gemeindevorsteher alles bekräftigen, damit das Büchlein beizeiten als gesetzmäßiger Nachweis über die zurückgelegten Wanderschaften diene.»

Ganz trunken wiederholte ich die Formulierungen und ergötzte mich an der altertümlichen Schreibweise des 19. Jahrhunderts. Ich ließ mir den Geschmack der alten Sprache auf der Zunge zergehen. Überhaupt konnte ich nicht glauben, dass das Wanderbuch meines kirchturmknaufvergoldenden Vorfahren von nun an mir gehören sollte. Es war über und über voll bestempelt mit tiefroten Siegeln verschiedener Magistrate. Die meisten Bescheinigungen konnte ich gar nicht entziffern, weil sie auf Deutsch und handschriftlich in verschnörkelten gotischen Buchstaben geschrieben waren. Eine Eintragung konnte ich allerdings mit Leichtigkeit lesen:

«Der hier anwesende Goldschmiedgeselle Samuel Pressburger, der in meiner Werkstatt gearbeitet hat, hat sich ordentlich betragen und will nun sein Glück woanders versuchen. Geschrieben am 20ten Mai 1832. Ferenc Lády, Stadtrichter in Szerdahely.»

Einem Impuls folgend, schlug ich die letzte Seite des Büchleins auf. Wie sich herausstellte, hatte dort mein Urgroßvater Fülöp die Namen seiner Kinder in der Reihenfolge ihrer Geburten eingetragen.

«Mein Sohn Zsigmond, geboren am 20ten Dezember des Jahres 1882.» Dann folgten «meine Tochter Anna», «mein Sohn Imre» und «meine Tochter Ilka».

Ich bemerkte, wie Tante Ella mit einem riesigen Tablett in der Hand in der Tür stand und mich beobachtete.

«Schlag Seite acht auf», sagte sie, und ich suchte gehorsam die genannte Stelle. Sie trat neben mich, und mir stieg der Duft von Rühreiern mit Speck in die Nase.

«Das ist aber auf Deutsch!», rief ich enttäuscht.

«Macht nichts, du wirst es verstehen.»

Der Anfang war kein Problem:

«Name: Samuel Pressburger, Alter: siebzehn Jahre». Doch was das nun folgende «Stand: einzeln» bedeutete, war mir ein Rätsel.

«Was zum Teufel heißt denn das?», fragte ich, während mein Magen so laut zu knurren begann, dass auch Tante Ella es hören musste.

«Dass er nicht verheiratet war», erwiderte sie lächelnd.

Es folgte die Angabe der Religionszugehörigkeit. Nun war ich endgültig überfordert.

«Ich kann es nicht lesen. Der erste Buchstabe geht gerade noch, das ist ein j.»

«Es ist kein j», sagte Tante Ella und ließ sich neben mir nieder. «Du kennst die gotischen Buchstaben nicht.»

«Nein», gab ich zu und registrierte nebenbei, dass die Rühreier mit Paprikapulver gewürzt waren.

«Schau her.» Sie wies mit dem Finger auf den ersten Buchstaben. «Das ist ein großes S in gotischer Schrift. Was für ein Buchstabe folgt dann?»

«Das könnte ein a sein.» Meine Antwort klang eher wie eine Frage. Sie nickte.

«Ja, das ist ein a. Und dann?»

Ich schwieg.

«Das sind zwei b hintereinander, dann folgt wieder ein a. Aber den wirst du doch erkennen?»

Ich schüttelte den Kopf.

«Das ist ein t. Dann kommt ein h und wieder ein a. Was siehst du noch?»

«Die Rühreier», versuchte ich zu scherzen, aber sie ging nicht darauf ein.

«Das ist ein r. Versuch das ganze Wort zusammenhängend zu lesen.»

Tante Ella sprang plötzlich auf.

«Imre war der Meinung gewesen, das soll Sabbatarier heißen.»

Ich schaute sie verdutzt an.

«Sag jetzt nicht, dass du ein ganzes Universitätsstudium

absolviert hast, ohne je dem Begriff Sabbatarier begegnet zu sein!»

«Genauso ist es aber», sagte ich kleinlaut. «Ich habe noch nie etwas von ihnen gehört.»

«Eine schöne Universität wirst du besucht haben, das muss ich schon sagen!» Sie schüttelte den Kopf. «Sind dir wenigstens die Adventisten ein Begriff?»

«Die schon», erwiderte ich prompt.

«Adventisten und Sabbatarier sind ein- und dasselbe», sagte Tante Ella. «Imre meinte, die Pressburgers wären Sachsen aus der Gegend von Dresden gewesen. Von dort wären sie nach Siebenbürgen ausgewandert, hätten sich aber nicht in der Nähe von Kronstadt niedergelassen, sondern mitten unter den Széklern. Als sich die sabbatistische Konfession unter den Széklern verbreitete, nahmen auch die Pressburgers sie an. Während der späteren Verfolgungen sahen sie sich wie viele andere gezwungen, sich einer anderen Religion zuzuwenden, die ebenfalls den Sabbat heiligte – so wie sie es bis dahin gewohnt waren. Und sie heirateten so lange weiter und weiter, bis aus ihnen eine richtige jüdische Familie geworden war.

Dein Großvater war allerdings ein Sonderling, der sich zu gar keiner Konfession bekennen wollte. Er trat aus der Religionsgemeinschaft aus, sobald er sein eigenes Geld verdiente. Das ist die ganze Geschichte. Das ist alles, was ich weiß. Höchstens noch«, – Tante Ella biss sich auf die Oberlippe – «nein, das reicht! Wenn du mehr wissen willst, dann lies es selbst nach.»

Ihr Gesicht verdüsterte sich. Doch noch bevor ich sie nach dem Grund fragen konnte, sagte sie:

«Würdest du endlich dein Abendessen aufessen? Kalte Rühreier liegen so schwer im Magen.»

Etwas ganz anderes lag mir noch Jahre später schwer im Magen. Ich hatte in Tante Ellas Säckchen einen uralten, vom vielen Falten schon fast ganz zerfallenen Zeitungsausschnitt aus der *Magyar Nemzet* vom 29. Januar 1939 gefunden. Wer auch immer ihn vor fünfundzwanzig Jahren ausgeschnitten und bis heute aufbewahrt hatte, wird allen Grund dazu gehabt haben.

«Was wird aus den Adventisten?», fragte der Autor des Artikels. «Trotz aller Verfolgungen ist ihre Zahl immer weiter angewachsen. Ein Teil von ihnen hatte sich der israelitischen Gemeinde angeschlossen, nachdem ihnen die freie Ausübung ihrer Religion nicht gestattet worden war. In Ungarn leben heute noch viele ihrer Nachkommen. Sie haben keinerlei Absichten, die jüdische Religionsgemeinschaft zu verlassen, obwohl sie nicht von Moses, sondern von Árpád oder schlimmstenfalls von Attila abstammen. Bei ihnen wird man im Hinblick auf die neuen Rassengesetze zweifellos Ausnahmen machen müssen, obwohl sie sich mit ihren Mitbrüdern jüdischer Rasse vermischt haben.»

Ich hegte keinen Zweifel, dass mir Tante Ella diesen Artikel hatte zeigen wollen und es dann doch nicht getan hatte. Hier lag die Ursache dafür, dass sich ihr Gesicht so plötzlich verdüstert hatte. Warum sollte ich erfahren, dass Großvater eine Chance gehabt hatte, all dem zu entkommen, was ihm und Großmutter Margit widerfahren war? Auch hier war er ein Mann von Prinzipien gewesen, genau wie bei seinen Auseinandersetzungen mit den Anti-

Darwinisten. Zweitrangige Gründe wie Lebensgefahr oder Ähnliches konnten ihn nicht dazu bringen, nach all den konfessionslos verbrachten Jahrzehnten seine Ansichten über Religionen aufzugeben. Ihm war es gleich, ob katholisch, Sabbatarier oder jüdisch: Konfession war Konfession, und er würde keine von ihnen anerkennen, indem er bei ihr Zuflucht suchte. Das Wort «doktrinär» war mir damals noch nicht geläufig, doch Großvaters Eigensinnigkeit machte mich schaudern. Dann wieder rang sie mir ungeheure Bewunderung ab. Nur dieser Eigensinn, diese unerschütterliche Kompromisslosigkeit hatte ihn sein ganzes Leben lang davor bewahrt, sich der jeweils populären wissenschaftlichen Meinung anzuschließen.

In fast noch größeres Erstaunen versetzte es mich, als nach Großmutter Iréns Tod aus ihrem Schrank eine riesige Pralinenschachtel mit merkwürdiger Verzierung auftauchte, deren ursprünglichen Inhalt kennenzulernen ich leider nicht das Glück gehabt hatte. Vermutlich waren ihr die Pralinen – ebenso wie die mit einer Schleife zusammengebundenen rosafarbenen Briefchen – zu einer Zeit verehrt worden, als sie noch das hoffnungsvolle höhere Fräulein Irén Friderika Berényi war. Großmutter verwendete die Schachtel für den gleichen Zweck wie Tante Ella das feine, weiße Leinensäckchen, aus dem sie die Vergangenheit vor mir auf den Tisch gezaubert hatte: Sie bewahrte Familiendokumente darin auf. Es waren Kopien von Taufscheinen, von Geburts- und Heiratsurkunden. Manche waren vor so langer Zeit ausgestellt worden, dass anstatt «Urkunde» noch «Extractus» daraufgedruckt stand. Auf anderen hatte eine sorgfältige Hand in der rechten oberen Ecke vermerkt: «Gebührenfrei laut Durchführungsbeschluss des Artikels IV von 1939.»

Das älteste Dokument stammte vom 17. Dezember 1849 und war in Magyarszecsőd ausgestellt worden. Es fiel mir nicht nur wegen der bedeutsamen Jahreszahl, sondern auch wegen anderer Kuriositäten auf. Großmutter Iréns Großvater war im Taufschein seines Sohnes mit József Bernritter* vermerkt. Die Taufpaten hießen Miksa Keller und Róza Mózer.

«Na so was», entfuhr es mir unwillkürlich.

Kam hier etwa noch eine Familiengeschichte ans Tageslicht, über die Großmutter Irén ihr Leben lang ebenso beharrlich geschwiegen hatte wie Großvater Zsiga über die der Pressburgers? Es war gut möglich, dass die Bernritters in den vergangenen hundertfünfzig Jahren eine ähnliche Geschichte durchlaufen hatten wie die Pressburgers, nur umgekehrt. Sie waren möglicherweise als Juden nach Ungarn eingewandert und hatten dann so lange geheiratet, bis eine richtig christliche Familie aus ihnen geworden war. Der Ursprung löste sich irgendwo im Dunst der Zeit auf. Doch wo blieb dann dieser unüberbrückbare Unterschied, der es Großmutter Irén und Großvater Zsiga unmöglich gemacht hatte, einander zu ertragen. Sie hätten nur einmal offen ihre Geschichten austauschen müssen. Denn der Großvater des ‹verscharrten alten Juden› war Sabbatarier und Wandergeselle, und die Rassengesetze von 1939 verlangten

---

* Bernritter wurde dann offensichtlich zu Berényi ungarisiert. (Anm. d. Übers.)

den Herkunftsnachweis nur bis zu den Großeltern. Aber es wäre vergeblich gewesen, Großmutter Irén das Wanderbuch zu zeigen: Sie wusste, was sie wusste, und interessierte sich für keine andere Wahrheit.

Am Abend von Großvater Zsigas Beerdigung schloss sie sich in ihrem Zimmer ein und gab uns damit unmissverständlich zu verstehen, dass sie gekränkt worden sei. Doch was sie als Strafe gedacht hatte, machte mich nur froh: Ich konnte nicht in meinem eigenen Bett schlafen und durfte mich also zu Vater ins Bett kuscheln, auf Mutters ohnehin leer gebliebenem Platz. Lange lag seine große warme Hand auf meinem Kopf. Vermutlich wollte er mich in den Schlaf streicheln, ich war aber viel zu aufgewühlt, um schlafen zu können. Ich war erfüllt von einer namenlosen Sehnsucht. Wonach genau ich mich aber sehnte, wusste ich nicht so recht, und wirre Bilder jagten sich in meiner Vorstellung.

Auf dem Heimweg vom Milchgeschäft zwinkert mir Mutter zu. ‹Magst du das knusprige Ende vom Brot?› Sie hat es schon abgebrochen. ‹Ich möchte nämlich das andere.› Wir kauen auf dem ganzen Heimweg genüsslich darauf herum. Im Treppenhaus bleiben wir stehen, um den Inhalt des Einkaufskorbs neu zu ordnen. Das angeknabberte Brot legen wir ganz unten hin und wickeln es gründlich ins Papier ein, damit es nicht mehr sichtbar ist. Dann schleichen wir den ganzen Vormittag ängstlich herum. Beim Mittagessen ist der Skandal perfekt. ‹Was ist denn das hier schon wieder?› Großmutter Irén besteht darauf, das Brot zu segnen, bevor Vater es aufschneidet, und starrt mit entsetztem Blick auf die fehlenden Enden. Mutter und ich kichern. Auch sie ist jetzt drei Jahre alt. ‹Wenn ihr das noch einmal macht, dann setzt es für beide Nasenstüber.› Wir platzen fast vor Lachen, denn wir wissen sehr gut, dass Vater ‹Nasenstüber› nur dann verteilt, wenn er in Wahrheit gar nicht böse ist. Großmutter Irén schnaubt im Hintergrund. ‹So ist es recht!›, ruft sie aus. ‹Jemand muss ihnen endlich beibringen, dass es die Unart von Heiden ist, den Leib des Herrn zu entweihen.› Auch Vater muss jetzt grinsen.

Auf dem kleinen, runden Podium des Vergnügungslokals in Gibraltar dreht Mutter gerade Pirouetten. Die schräg hereinfallende Sonne blinkt auf ihren Vorderzähnen. Genau in dem Augenblick, als Vater auf den Auslöser seiner Leica drückt, schließt sie durchgeistigt die Augen. Doch noch unter den geschlossenen Lidern scheint sie ihr Publikum zu fragen: ‹Na, was sagt ihr dazu?› Ihr Lächeln ist leicht und selbstsicher, wie das eines Menschen, der jeden Schritt, jede Drehung mit traumwandlerischer Sicherheit beherrscht und dem kein Fehler unterlaufen kann. Nie wieder im Leben konnte ihr etwas diese Sicherheit geben. Nicht ihre Brille mit dem schwarzen Gestell, nicht ihr panzerartiges Kostüm, nicht ihre Pumps mit den kleinen Absätzen, die so furchterregend laut klopften. Trotz all dieser Utensilien hatte sie nicht den Mut gehabt, zu sagen: ‹Hören Sie, Genossin Axel, ich bleibe diese eine Nacht bei meinem Mann und meinem Sohn, und wenn Sie platzen.› Den Fotos aus dieser Zeit sieht man bereits an, dass ihre ganze Strenge einer panischen Angst und einer enormen Unsicherheit entspringt. Genauso wie die Beklemmung in Vaters Stimme auch keinen anderen Ursprung hat als

Furcht. Denn vergebens versucht er dahinterzukommen, wer von den Menschen im Recht ist, die in seinem Komitat bereits länger als er selbst für die Bewegung arbeiten und sich dennoch gegenseitig gnadenlos bekriegen. Sie alle sprechen schlecht übereinander. Nach Meinung der Sozialdemokraten gießen die Kommunisten den Reaktionären Wasser auf die Mühlen und umgekehrt. Dabei befinden sich offiziell alle im selben Lager. Doch auch innerparteilich spielt sich das Gleiche ab. Die vom linken Flügel würden denen vom rechten am liebsten an die Gurgel gehen und umgekehrt. ‹Mit diesen Leuten soll ich die Partei der Kleinwirte übertrumpfen, und auch Herrn Sulyok und überhaupt alle. Aber dir kann ich es ja verraten, Liebling: Wenn ich mich einmal in aller Ruhe damit beschäftige, was unsere Gegner so schreiben, bin ich nicht sicher, ob nicht auch sie recht haben. Ich schwöre dir, im Gegensatz dazu war es ein Kinderspiel, etwas Prima vista hinzulegen, wenn im Parisien Grill ein dicker Bonze hereinkam, egal, welches Stück er zu hören wünschte.› ‹Das ist es ja gerade›, meint Mutter belehrend. ‹Du hättest dich schon längst daran gewöhnen müssen, dass man in der Politik nicht vom Blatt spielen kann.› Dann beginnt sie zu erklären, dass sich genau die gleichen Dinge in ihrem Büro im 9. Bezirk zwischen Géza Rothschild und Jani Móhl abspielen. ‹Glaub mir, es ist alles halb so wild.› Vater fährt auf. ‹Du hast gut reden! Bei uns in der Provinz liegen die Dinge doch ein wenig anders.› Er ist wütend und beleidigt.

In diesem Moment erinnert er nicht im Geringsten an den Barry Nyerges auf den Fotos aus Gibraltar, der in seinem Smoking und mit seinem Schlagzeug so famos ausgesehen hatte. Damals konnte jeder sehen, dass er mit seinem Leben nicht nur zufrieden war, sondern dass er es in vollen Zügen genoss. Sein Publikum liebte ihn, liebte seine Scherze zwischen den Musiknummern. Liebte es, wenn er während eines Solos seines Kollegen grimassierend kundtat, was er von dessen Spiel hielt. Dass alles abgesprochen war, wusste natürlich niemand. Alle glaubten, er stünde mit seinem Kollegen tatsächlich auf Kriegsfuß. Doch am Ende nahmen sich die beiden in den Arm und traten mit lachenden Augen an die Rampe, Vater mit der Posaune, der andere mit seinem Banjo. Das Publikum begrüßte ihre «Aussöhnung» mit tosendem Applaus. Vater nahm sich manchmal die Freiheit, das Podium zu verlassen, wenn er gerade nichts zu spielen hatte, um ein Briefchen an Mutter hinter der losen Kachel im Waschraum zu verstecken. Sein verschmitztes Lächeln hätte ich nur zu gern gesehen. Und ich hätte gern gehört, wie er mir einen ‹Nasenstüber› androht, sollte ich nicht brav sein.

Ich versuchte im Dunkeln herauszufinden, ob er schon schlief, obgleich ich wusste, dass ich das sofort an seinem Schnarchen merken würde. Doch ich hörte nur merkwürdig unterdrückte, vom Kopfkissen gedämpfte Geräusche. Ich konnte es kaum glauben, aber es klang ganz so, als weinte er. Doch warum nur? Weinte er über das, was heute Nachmittag geschehen war und was ich zu vergessen versprochen hatte? Aber versprochen war versprochen, und ich hätte ihn nie betrogen. Gab es also noch ein anderes Problem? So musste es wohl sein, denn das sonderbare Gewinsel wurde zwar immer wieder von Pausen unterbrochen, hörte aber nicht auf. Immer wenn ich dachte, nun schliefe er, und auch ich könnte endlich einschlafen, setzte es wieder ein.

Nun tritt auch Großmutter Irén aus der Küche. ‹Na, haben sie ihn endlich verscharrt? Hat ja ganz schön lange gedauert!›

Großvater Zsiga fuchtelt mit seiner Zeitung herum. ‹Du aalglatter Gangster, hier, da hast du's!› Bei jedem Ausruf schlägt er in die Luft.

Mutter läuft hinter dem anfahrenden Zug her und hat keine Zeit, sich umzudrehen. Sie will auf den letzten Wagen aufspringen, ist aber schon so weit weg, dass ich nicht erkennen kann, ob es ihr gelingt.

Sie alle werden kleiner und kleiner, aber unter meinen geschlossenen Augenlidern leben sie weiter, für immer und immer.

András Nyerges' Kindheitserinnerungen im Spiegel der ungarischen Zeitgeschichte

«Nicht vor dem Kind!» – dies war vielleicht der einzige deutsche Satz, den die Erwachsenen unserer Elterngeneration selbst dann verwendeten, wenn sie ansonsten Goethes Sprache unkundig waren. «Nicht vor dem Kind» sagten sie, wenn das Gespräch auf Themen kam, die keineswegs für die Ohren von Kindern bestimmt waren. Diese wurden dann in das Nachbarzimmer geschickt, oder die Eltern sprachen im Flüsterton weiter. Dabei wissen wir, dass selbst kleine Kinder sehr wohl wahrnehmen, was sich in ihrer Umgebung abspielt. So auch der kleine Held von András Nyerges' Erzählung, ein vierjähriger Knabe von schwacher Lunge und unstillbarem Appetit.

Wir befinden uns im Jahre 1944, in dem dauernd Dinge passierten, denen selbst ganz normale Menschen mit reifer Persönlichkeitsstruktur nicht gewachsen waren. Ungarn stand im vierten Kriegsjahr kurz vor dem Zusammenbruch und seit dem 19. März als unzuverlässiger Verbündetee unter Wehrmachtbesatzung. Die ungarischen Juden mussten den gelben Stern tragen, wurden ghettoisiert und verschwanden zu Hunderttausenden in den Vernichtungslagern des «Generalgouvernement», das einmal Polen hieß. Einigermassen verschont blieben lediglich ihre Glaubensgenossen aus der Hauptstadt, als der Reichsverweser Nikolaus von

Horthy unter dem Druck der internationalen Öffentlichkeit Anfang Juli 1944 die Deportationszüge stoppte.

Die Rote Armee erreichte langsam die Staatsgrenzen, und die Westalliierten konnten das Land fast ungehindert bombardieren. Die Front näherte sich mit jedem Tag der Millionenmetropole Budapest, wo die Bevölkerung zwischen Angst und Hoffnung schwankend dahinvegetierte. Schließlich erklärte der Staatschef am 15. Oktober um elf Uhr Vormittag im Rundfunk: «Heute ist es für jeden nüchtern Denkenden klar, dass das deutsche Reich diesen Krieg verloren hat. Deshalb teilte ich dem Vertreter des Deutschen Reiches mit, dass wir mit unseren Gegnern einen vorläufigen Waffenstillstand vereinbart und jegliche Feindseligkeiten gegenüber ihnen eingestellt haben.» Allerdings stand hinter dieser Rede kein Handlungsplan, der diesen Namen auch verdient hätte. Die Begeisterung der Menschen hielt nicht lange an. Am Nachmittag befand sich Horthy samt Familie bereits in «Schutzhaft» des Reichsgesandten Edmund von Veesenmeyer, und am Abend putschten sich die rechtsradikalen «Pfeilkreuzler» oder «Hungaristen» um den Fanatiker Ferenc Szálasi an die Macht. Dieser erfand für sich den Titel «Führer der Nation» und zog am nächsten Tag in die Budaer Burg ein. Fast jeder wusste, dass es nur um die Verlängerung einer Agonie ging.

Die Bilanz des künstlich verlängerten Krieges erwies sich als katastrophal. Ungarn verlor vierzig Prozent seines Nationalvermögens. Die Hauptstadt lag in Trümmern, sämtliche Donaubrücken wurden von den Besatzern gesprengt. Nun, all dies konnte man ersetzen, produzieren, wiederaufbauen. Aber die neunhunderttausend Toten waren der eigentliche Verlust. Unter ihnen befanden sich ungefähr eine halbe Million Ungarn jüdischer Herkunft.

Eine exakte Grenzziehung zwischen Juden und Nichtjuden war in Ungarn kaum je möglich. So ist auch die Budapester Familie in András Nyerges' Buch weder in sozialer noch in politischer Hinsicht eindeutig einzuordnen: Die Mutter kommt aus jüdischem Intellektuellenmilieu mit liberalem, teilweise sozialdemokratischem Hintergrund. Der Vater hingegen verfügt über einen einwandfreien Taufschein, ist aber nichts anderes als ein verarmter Jazzmusiker. Die antisemitische «Linie» in der Sippe vertritt die bigotte katholische Großmutter des Kindes. Die beiden Familienhälften werden allein durch die zärtliche Liebe und die Angst um das kleine Enkelkind zusammengehalten. Sie retten sich alle über die schwierigen Zeiten, nur um neuen schwierige Zeiten – dem sowjetischen Einmarsch und der kommunistischen Ära – entgegenzusehen.

Das Zusammenleben gegensätzlicher Welten in den vier Wänden enger Budapester Wohnungen ist eine Metapher für das zwischen Ost und West, links und rechts hin- und hergerissene kleine Land, was den Konflikten bei all ihrer Traurigkeit, ja Tragik eine ungewollte Komik verleiht. Das eine Wagnis des Erzählers Nyerges besteht darin, dass er die Handlung seines Werkes nicht literarisch überfrachtet, sondern «eins zu eins» aus seiner eigenen Kindheit erzählt; das andere, dass er den Blick des vierjährigen András ergänzt um die Sichtweise eines Menschen mit unbestechlicher Skepsis und Humor.

György Dalos